KINGDOM
キングダム
運命の炎

映画ノベライズ

KINGDOM
キングダム
運命の炎

原作 原泰久

脚本 黒岩勉 原泰久

小説 藤原健市

人物紹介

信

戦災孤児ながらも、成蟜の反乱で嬴政を助け、武功を上げた少年。亡くなった親友・漂との約束である「天下の大将軍になる」ことを夢見る。蛇甘平原の戦いでも大きな武功を上げた。

嬴政

秦国の若き王。後の始皇帝。腹違いの弟・成蟜が起こした反乱を鎮め、見事に王宮へ帰還を果たす。

河了貂

鳥を模した不思議な蓑を被った、山民族の末裔。軍師になるために日夜、勉強中。

羌瘣

人を超えた力を持つという伝説の暗殺一族「蚩尤」の出身。蛇甘平原の戦いで信たちと同じ伍として参戦した。

尾平

信と同郷でお調子者。尾到とは兄弟で兄。蛇甘平原の戦いでは信と同じ伍の仲間として戦った。

尾到

信と同郷で真面目な人物。尾平とは兄弟で弟。蛇甘平原の戦いでは信と同じ伍の仲間として戦った。

紫夏

孤児だったが幼い頃に行商人の養父に拾われる。その後を継ぎ、闇商人の女頭目として腕を発揮している。

目次

蒙武

秦軍の武将。呂不韋派に所属している。秦国内で最強の一角と称される武人。

干央

王騎軍の軍長を務める歴戦の武将のひとり。

騰

王騎の副官であり、常に傍らに控え忠義を尽くす武将。

王騎

秦の「六大将軍」最後の一人。列国に名を轟かす大将軍。「秦の怪鳥」の異名を持つ。

映画「キングダム 運命の炎」

原作：原泰久「キングダム」（集英社「週刊ヤングジャンプ」連載）
監督：佐藤信介
脚本：黒岩勉　原泰久
製作：映画「キングダム」製作委員会
制作プロダクション：CREDEUS
配給：東宝　ソニー・ピクチャーズ エンタテインメント

序章

秦《しん》の王都、咸陽《かんよう》の王宮。

王宮の主《あるじ》たる大王が執務をする御書房に面した回廊からは、咸陽の街並みが一望できる。

時は深夜。

漆黒《しっこく》の中天に白々と佇《たたず》む真円に満ちた月が、咸陽の街を淡く照らしていた。

街は静寂《せいじゃく》に満ち、喧噪《けんそう》一つない。

誰もが不安なく眠りについているかのようだ。平和な光景である。

街を見下ろす回廊の手すり近くに立ち、月を眺める若い男が一人。

燭台《しょくだい》のほのかな灯《あか》りに照らされたその横顔は若く、凛々《りり》しい。

名を、嬴政《えいせい》。

戦乱の絶えない中華の七国の一つ、秦の、若き大王である。

嬴政は無言で、月を見据えた。

——月はお嫌いですか、か。

月を目にするたび、そう問うた女を嬴政は思い出す。

「大王様？　どうされましたか？」

その声に嬴政は短い回想から戻り、振り返った。

見ると髭《ひげ》を蓄えた文官が立っている。

大王派の文官を率いる昌文君《しょうぶんくん》だ。嬴政の忠臣である。

「……なんでもない」

と嬴政は返した。

昌文君が夜更《よふ》けに意味もなく主君を訪ねるはずがない。嬴政は簡潔に問う。

「どうした？」

「ようやく、あの男の居所が分かりました」

「あの男……？」

疑問は一瞬。嬴政の脳裏に、一人の男の姿が浮かんだ。

天下の大将軍になると豪語し、夢のためにはいかなる努力も惜しまない、元下僕。

嬴政の義弟、成蟜《せいきょう》が反乱を起こした際に、その男と嬴政は出会った。

男の親友、漂《ひょう》は嬴政と見分けのつかない容姿をしていたため、命を狙われた嬴政の身代わりとなって命を落とし、漂が死の間際《まぎわ》に、嬴政を男に託した。

その男は、亡き友との約束を守り、命を賭《と》して嬴政のために戦った。

孤立していた嬴政を狙った暗殺者を倒し、嬴政が味方と合流する手助けをし、さらには到底不可能と思えた、嬴政と山の民《たみ》との和解を成功させるきっかけを作った。

その男がいなければ、嬴政は玉座に戻れなかったかもしれない。

男は、天下の大将軍を目指して戦場に出た。

蛇甘《だかん》平原の戦いに歩兵として参加した男は、初陣《ういじん》にはありえないほどの軍功を上げ、百人将に異例の大抜擢《だいばってき》をされた。

男は今もどこかで、次の戦《いくさ》に備えて己《おのれ》を鍛えているはずだ。

中華統一という嬴政の夢のため、覇道を共に往《ゆ》く剣になると誓ったその男の名が、嬴政の口から出る。

「――信《しん》か!?」

わずかに身を乗り出した嬴政に、昌文君が報告する。

「はい。ここ半年、行方不明となっておりましたが。あやつめ、なんと王騎《おうき》のもとで修業を」

昌文君の言葉には、信に対するものだろう驚きと期待の色があった。

王騎。

秦の怪鳥と称される元六大将軍の最後の一人だ。

そして現在の秦において、最強の大将軍である。

王騎が、雑兵《ぞうひょう》に過ぎない信に目をかけていることは、嬴政も知るところだ。

だが、信が王騎の所に行ったというのは嬴政も初耳だった。驚かずにはいられない。

「修業？　王騎のもとでか？」

「は。と申しましても、王騎は信を無国籍地帯に放置し、身一つでそこを平定させているようです」

現在、中華には七つの国があるが、その統治の行き届かない土地がある。

地理的にも商業的にも戦略的にも無価値な不毛の地は、どこの国も放置状態だ。

秦の国内にもそうした土地があり、住み着く者たちはいると嬴政は知っている。

「行き場を失った部族たちが、最後に流れ着く荒野か」

昌文君が視線で同意を示し、補足するように告げる。

「そして、その中の小さな覇権を争って、なお殺し合いが続く愚かな無法地帯です」

なるほど、王騎もなかなかの無理を信に強《し》いるものだと嬴政は納得した。

「そこを平定してみせよ、と。それが、王騎の信に課した百人将のための修行か」

嬴政の察しのよさに昌文君が一つ頷くと、やや心配そうに言う。

「まだ生きていれば、よいのですが」

深刻な表情の昌文君。嬴政はわずかに口元を緩《ゆる》めた。

「生きているさ。あいつは、また必ず大きくなって現れる」

――だろう、信？

そう口に出さずに、嬴政は月へと視線を戻した。

満月はただ、静かに輝いている。

×　　×　　×

どこの国の統治も及ばない、無法の荒野。

そこに流れ着く部族は一つや二つではない。

異なる部族同士が乏《とぼ》しい土地の恵みを奪い合うのは日常であり、戦とは呼べぬ稚拙《ちせつ》な争い、殺し合いが起きぬ日はなかった。

平定してみせろと信が王騎に放り込まれた荒野も、そんな場所だった。

荒野での信の味方は、王騎のもとへの案内役を務めた故《ゆえ》に、この事態に巻き込まれた渕《えん》という男、ただ一人だった。

最初は渕と二人のみで生き延びるために信は戦い、その信の力を認めたある部族に、信と渕は加勢した。

信はその部族に、五人一組で一人の敵に対する伍《ご》を教え、ばらばらではなく意志を統一した集団での戦い方を指導し、さらに部族の信頼を得た。

信が加勢した部族はこの地では最弱だったが、集団でならば戦いようがある。

一つ、また一つと敵対部族を争いの末に併合し、そして信は、やり遂《と》げた。

この地に来てから、数ヶ月。

信はついに全ての部族に勝利し、荒野の争いを治めた。

崖の上から、自《みずか》らが平定した地を信が見下ろす。

「渕さん、ついに終わったな！」

信の傍《かたわ》らには、この地で苦楽を共にした渕の姿がある。

疲れたような、しかし満足げな顔で、渕が頷《うなず》く。

「ええ」

「修業の地、平定してやったぜ！」

信は両手を天に突き上げ、声を張った。

無法の地の平定は、確かな自信になっている。

俺は、やれる。俺は、やる。

必ず、天下の大将軍になってみせる。

渕と共に信は、暗雲が重く垂れ込める遠くの空に目を向ける。

――待ってろよ、戦場。

――百人将になった、俺が往くぜ。

×　　×　　×

紀元前二四四年、時は春秋戦国時代《しゆんじゆうせんごく》。

その大陸では七つの国による熾烈《しれつ》な戦いが、五百年に亘《わた》って続いていた。

蛇甘平原での戦いで初陣を果たした信は、天下の大将軍を夢見て、秦軍最高最強の大将軍、王騎に修業を申し出た。

それに対し、王騎は信に一つの試練を与える。部族間の争いが絶えない地の平定だ。

その試練を乗り越えた信に、王騎は自ら修業をつけると約束したのであった。

そしてちょうどその頃。秦国の国境付近では、蛇甘平原を大きく上回る脅威《きょうい》が近づいていた。

さらなる戦乱が、秦に訪れようとしている。

第一章

秦軍の総大将

秦《しん》、北東部。隣国、趙《ちょう》との国境にほど近い、関水《かんすい》の地。

石積みの城壁を備えた関水城は大きな城ではないが、この地の統治と防衛の拠点である。

城壁の中には街もあり、少なくない数の民衆の生活の場でもあった。

その城壁が見える田舎道《いなかみち》で、農夫と思しき男が一人、藁《わら》を積んだ荷車を馬に引かせていた。

男の傍《かたわ》らを、息子と思しき男児が歩いている。

男児が、ふと振り返って遠くに視線を向けた。

遠く離れた地平線を、男児が指さす。

「お父、見て」

「んん？」

と男。なにを見つけたのだろうが子供の言うことだと軽く流すつもりなのか、男は前を向いたままだ。

そんな父親に、息子がさらに言う。

「お旗がいっぱい」

地平に、いっぱいの旗。まさかと振り返った男が震え上がる。

子供の言う通り、旗の列が地平線を埋め尽くしていた。

旗に記された文字は、趙。

無数の趙の旗が地平に翻《ひるがえ》る意味は、ただ一つだ。

「……敵だ……敵だ！」

男は関水城の城壁に向き直り、精一杯、声を張り上げる。

「趙軍が、攻めて来たぞ！」

男が叫んだ、その直後。関水城でけたたましく鐘が打ち鳴らされ始めた。

警鐘《けいしょう》である。城でも監視の兵が趙軍を確認した証拠だ。

この日。趙による秦への侵攻が始まった。

×　　×　　×

咸陽宮《かんようきゅう》、大王の間。

多くの太い柱が並ぶ大王の間の奥側、勇壮な龍の彫り物が施《ほどこ》された壁の前に、玉座《ぎょくざ》がある。

玉座は床より数段高い場所にあり、玉座から室内を見下ろしているのは、この国の若き王。

嬴政《えいせい》、その人である。

玉座の正面を開け、文官たちが左右に分かれて並び、文官たちの列の間に、伝令の兵が床に膝《ひざ》を突き頭を下げていた。

その伝令の兵の報告に、文官たちを率いる位置に立つ昌文君《しょうぶんくん》が顔色を変える。

「趙が、攻め入っただと!?」

伝令の兵が、姿勢を変えずに告げる。

「場所は北東の国境の地、関水！　数は少なくとも十万以上かと！」

昌文君の表情が強《こわ》ばった。声が小さく漏《も》れる。

「十万……──」

玉座の嬴政も険《けわ》しい顔になる。

「……」

中華では七つの国による戦乱が五百年、続いている。

他国からの侵略そのものは珍しくはない。

先だっても魏《ぎ》が秦に攻め入ろうとして蛇甘《だかん》平原で戦《いくさ》が起こったように、戦は常に起きている。

だが趙という国は、秦には因縁《いんねん》の深い国だった。

趙による侵攻がどれほどの意味を持つのか、嬴政は即座に理解した。故《ゆえ》に軽々しく口は開けない。

昌文君が短く思案した後、口を開き直す。

「……まずい。今は、麃公《ひょうこう》将軍が大軍を率いて韓《かん》に遠征中だ。すぐに駆けつけられる兵も将もいない」

麃公は、蛇甘平原にて魏軍を退《しりぞ》けた将軍である。その実力は、かつての秦六大将軍に匹敵すると言われている猛将だ。

麃公の不在は、秦にとっては不運だった。

静まり返る大王の間。嬴政が淡々と告げる。

「……軍司令官の昌平君《しょうへいくん》を、ここへ」

昌平君。誰もが秦随一《ずいいち》と認める優れた軍師だが、その主《あるじ》は嬴政の敵だ。

昌平君の主は、秦の政権において大王派を凌《しの》ぐ最大勢力を率いる丞相《じょうしょう》、呂不韋《りょふい》である。

国の一大事を、敵勢力の呂不韋派に預ける。

それがどれほど危ういことか、わからない文官は、ここには誰一人いない。

嬴政の義弟、成蟜《せいきょう》の反乱の際に敵に回り、その後、嬴政の温情を受けて従った文官の一人、肆氏《しし》が重い口調で言う。

「……大王様。そうすると、この場は呂不韋丞相たちのものに……」

もっともな意見ではあるが、趙の侵攻は、秦の国家としての存亡に関わる。

嬴政は肆氏に視線を向け、叱責《しっせき》するように声を荒らげる。

「そういうことを言っている場合ではない!!」

ぎくりとする肆氏。嬴政は声を少し抑えて続ける。

「相手は。我々に、長平《ちょうへい》の大虐殺の恨みを抱く、あの趙だぞ」

趙と秦には、戦を理由にして済ませられないほどの、深い因縁があった。

それを知らない人間は、ここには一人もいない。

昌文君も居並ぶ文官も、全員が口をつぐんだ。

大王の間に満ちた静寂《せいじゃく》が、誰の肩にも重くのし掛かる。

×　　×　　×

咸陽宮の一角にある、軍議の間。

先だっての、暗殺一族朱凶《しゅきょう》による嬴政暗殺未遂事件が起きた場所だ。

床の一部には中華全土を模した地図模型があり、そのそばに軍議のための机がある。

机には趙軍の侵攻が始まった関水付近の地図が広げられ、軍勢を示す駒が複数、地図の上に置かれている。

地図を囲んでいるのは呂不韋派の軍師と昌平君の弟子たち十人ほどだ。

趙の侵攻という事態について、論議しているのである。

そう遠くない未来、戦場で将たちを支える軍師となるべく学ぶ若者たちの中に、河了貂《かりょうてん》の姿があった。

きちんとした装束《しょうぞく》の者ばかりの中、梟《ふくろう》の被《かぶ》り物姿の河了貂は実に浮いて見える。

だが、河了貂の格好についてあれこれと言う人間は、誰もいない。

今はそれどころではない、ということだ。

若い軍師の一人が、状況を説明する。

「関水を包囲しているのはおよそ五万！　その後ろから、さらに五万が続いているそうだ」

河了貂の隣。少年らしさを残した若者が、苦々しげに言う。

「よりによって、秦に最も恨みを抱いている趙軍が……」

彼の名は蒙毅《もうき》。蒙毅の身体の線は細く綺麗な顔だちだ。戦場で馬を駆り、剣や矛《ほこ》を振るう将になるとは思えない容姿である。

そんな蒙毅に、河了貂が訊《たず》ねる。

「恨みって？」

蒙毅が呆れたような目を河了貂に向けた。

「河了貂は知らないのか？　長平の大虐殺を」

きょとんとする河了貂。

「なんだよ、それ」

仕方がないなと言いたげな顔で、蒙毅が河了貂に教える。

「十六年前、秦国六大将軍の一人、白起《はくき》が長平の戦いで趙軍に勝利し、敗れた趙軍の兵士が投降した」

真面目《まじめ》な顔で聞き入る河了貂に、蒙毅が続ける。

「でも白起将軍は、その敵兵を生き埋めにして、皆殺しにしてしまったんだ。その数、四十万人」

「四十万人!?」

虐殺された人間の想像を絶する数に、河了貂が大声を上げた。

一つの軍は、数万人規模の兵が集まってできる。四十万の兵を殺したということは、白起がそれだけ多くの軍を滅ぼしたということだ。

そして。投降した兵まで全て、皆殺しにした。

知らなかった河了貂が驚くのも、無理はない。

だが知っている人間にしてみれば、今さらの話でもある。

そして長平の虐殺を知らないのは、ここでは河了貂ただ一人だった。

論議をしていた軍師と弟子たちが一斉に、蒙毅と、大声を上げた河了貂を睨《にら》みつける。

「しっ!」

と、慌てた素振りの蒙毅。

河了貂は周りの目を気にして声を抑える。

「……だったら。なんで、こんなに簡単に侵攻を許したんだよ」

趙が秦に恨みを抱いているのがわかっているならば、趙の侵略は当然予想できたはずだ。

予想できたならば、侵攻に備え、あらかじめ様々な対策も立てられるべきである。

もっともな河了貂の疑問に、蒙毅が返す。

「趙には今、これだけの大規模な軍を興《おこ》せる将軍が、いないと思っていたんだ」

「――将軍？」

当然というように蒙毅が語る。

「兵がいても率いる将軍がいなければ、軍は興らない。秦に六大将軍がいたように、かつては趙にも三大天という大将軍がいたが、今はもういない」

蒙毅の顔に疑問の色が浮かぶ。

わからない、というように蒙毅が声を漏らす。

「なのに、なんで……？」

河了貂が、蒙毅の疑問に疑問で返す。

「なら。新しい三大天が、生まれたってことじゃないのか？」

河了貂と蒙毅は、部屋の中央にある巨大な模型の地図を見やった。

秦の北東部。趙との国境に、関水の文字。

そこでなにかが起きていることだけは、間違いない。

×　　×　　×

秦と趙の国境の地、関水。

趙の大軍に攻め込まれた関水城は、あっけなく陥落した。

城内のそこかしこに火の手が上がり、城壁では秦の旗が引きずり下ろされ、趙の旗が翻っている。

関水城に面した平野に、趙の大軍勢が整然と並んでいた。

その軍勢の中から壮年の武将が一人、騎馬で関水城に近づいてくる。

立派な馬に、全身を覆《おお》う造りのよい鎧《よろい》、飾りのある兜《かぶと》。

装備と容姿で、位《くらい》の高い武将だと見て取れる。

名は、馮忌《ふうき》。

知将として名高い趙の武将の一人である。

城壁の前、縛られて並ばせられているのは秦の捕虜たちだ。

捕虜たちは誰もが己《おのれ》の命運を察しているのか、一様に暗く怯《おび》えた表情をしている。

そうした捕虜や城の様子を馮忌が観察するように眺めていると、異様な気配を漂わせる、白く長い髪の男が一人、馬に乗って近づいてきた。

男の装備も馬も、馮忌に劣らないよいものだ。同格の将のようである。

男が馮忌の傍《そば》で馬を止め、関水城を見やる。

「さすがは馮忌、もう落としたのか。中はもらうぞ」

「お前の好きにすればいい、万極《まんごく》」

万極と呼ばれた将が騎乗したまま、城壁の前に並べられた捕虜の列に向かった。

捕虜たちの前で万極が馬を降りる。捕虜は全員が縛り上げられ、跪《ひざまず》かされていた。

万極が見下ろす捕虜は兵士だけではなく、女や老人、年端《としは》のいかない子供の姿もある。

趙軍は関水城のみならず、周辺の村でも村人を狩ってきたようだった。

戦には無関係のはずの民《たみ》たちを前に、万極が剣を抜き放つ。

「受け止めよ、秦。長平、四十万の恨みを」

血には血を、死には死を。怨嗟《えんさ》の連鎖が始まった。

虐殺である。

×　×　×

咸陽宮の大王の間に、嬴政に呼ばれた昌平君が姿を見せた。

大王派の文官たちが居並ぶ中、敵勢力である呂不韋派の昌平君は堂々とした態度で、壇上の嬴政に向かい、深く一礼する。

「ご召喚に与《あずか》りました」

壇上の嬴政は頷きもせず、じっと昌平君を見据える。

姿勢を戻した昌平君が、嬴政の視線を怯《ひる》むことなく受け止めた。

一瞬、大王の間が静まり返った。大王の間の入り口付近にいる文官が告げる。

「呂不韋丞相が、入られます」

昌平君入室後に一度閉められた扉が、再び開かれる。

ゆったりとした歩調で姿を見せた男こそ、丞相、呂不韋である。

呂不韋のすぐ後ろに続く鎧姿の武将が、猛将として名を馳せる蒙武だ。さらに数人の配下が続く。

「……」

嬴政は無言で、視線を昌平君から呂不韋へと向けた。

「いやはや、まさか。趙が動いてくるとは。驚きましたなあ」

呂不韋は、事態の重大さに似合わない軽い口調で言うと、姿勢を低くして床に膝を突く。

蒙武たち部下も呂不韋にならい、嬴政に向かって礼をした。

呂不韋一派は、礼を済ますとすぐに立ち上がる。

さて、と呂不韋が、文官たちの列を率いる位置に立つ昌文君と肆氏へと向き直った。

「この火急の時に、軍議の席次が妙だ。そこの歪《ゆが》みは、戦場の歪みとなる」

と呂不韋。昌文君は呂不韋の態度が気にくわないのか、無言のまま苦い顔になる。

無言で睨み合う、呂不韋と昌文君。

ややあって呂不韋が動いた。昌文君へと歩み寄り、正面に立つ。

「昌文君。お前の席は、そこではなかろうが」

眼前で睨みつけられても、昌文君は無言で動かない。拒絶の態度である。

呂不韋は声を荒らげることもなく、ただ静かに、しかし威圧的に告げる。

「今は一枚岩になる時——下がれ」

国を統《す》べる大王に次ぐ地位の丞相、呂不韋にはっきりと命じられてしまっては、昌文君も従うしかない。

昌文君が気圧《けお》されたように場を譲る。

文官たちの列へと下がる昌文君と肆氏と入れ替わり、蒙武と配下数名が文官たちを率いる位置に収まった。

「くっ……」

昌文君が歯がみする。その時、大王の間に伝令の兵が駆け込んできた。

伝令の兵がすぐさま床に膝を突いて礼の姿勢を取り、報告する。

「急報！　関水の城、陥落！」

関水への趙軍侵攻の報から、まだそれほど時間は経《た》っていない。

関水城には城壁があった。城壁がある城は小さなものでもそう簡単に落ちたりはしない。

なのに関水城が、もう陥落した。

侵攻してきた趙軍の規模が大きく練度も高いと証明された形である。

「！」

壇上の嬴政の表情が強ばる。

「関水が……」

肆氏が呆然と呟《つぶや》いた。

伝令の兵が頭を下げたまま、さらに告げる。

「城主、討ち死に！　城内に住む者は全員斬首の上、血の池に捨てられたと……!!」

「……」

黙したままの嬴政の目に、苦渋《くじゆう》の色が浮かぶ。

呂不韋が迅速《じんそく》に、強い口調で文官たちに命じる。

「ただちに兵を募《つの》り、軍を立ち上げよ!!」

秦もまた、戦へと動き始めた。

×　　×　　×

信《しん》の出身の村、城戸村《じようとむら》にも兵の召集がかかった。

多くの村人が召集に応じ、集合地点の駐屯地《ちゆうとんち》に向かう。

村は戦地に赴《おもむ》く若者の見送りで活気づき、村の出口で多くの者たちが別れを惜しんでいる。

蛇甘平原の戦いで信と同じ部隊に参加した尾平《びへい》、尾到《びとう》の兄弟もまた戦に赴《おもむ》こうとしていた。

尾兄弟の出立《しゅったつ》の時、幾人かの村人が見送りに来た。

見送りの中には、妙齢の女性たちの姿もある。

村人の男の一人が、軽く首を傾《かし》げる。

「緊急召集って、珍しいことだ」

「ああ、どっかがやばいんだろ」

と兄の尾平。弟の尾到が少し大げさに言う。

「前回の蛇甘平原で戦った俺たちが、国内で休んでいてよかった」

自信があるように見える尾到に、村人が不安を顔に出す。

「なにか、嫌な予感がする」

おいおいと言いたげに、尾平が大きな声を出す。

「変なこと言ってんじゃねえ！　おら、行くぞ！」

生きて帰れるとは限らない戦場に向かうのだ。尾平に不安がないはずもない。

村人にこれ以上妙なことを言われて、いっそう不安を煽《あお》られては困ると尾平が少し慌てる。

と、そこに若い女が一人、尾到に近寄ってきた。

「尾到、これ」

女の名は友里《ゆうり》。尾到のことを少なからず思っている村の娘である。

友里が差し出したのは、磨いた石に革紐《かわひも》を付けたお守りだった。

粗末なものではあるが、送り手の気持ちがこもっている品である。

尾到が顔をほころばせる。

「おお、お守りか」

「無事に帰ってくるんだよ」

お守りを受け取り再会を誓う尾到を見ていた村人が、尾平をからかう。

「尾平、弟に先こされたな」

「うるせぇな」

と、ふてくされたように返した尾平に、別の若い女が近づいた。

まだ少女の雰囲気が残るその女が、尾平の名を呼ぶ。

「尾平さん」

「え、東美《とうび》ちゃん」

尾平が心憎《こころにく》からず思っている相手だった。

東美は村の娘衆の中では、かなり愛らしいほうだ。そんな娘が、尾平に身を寄せて告げる。

「無事に帰ってきてくださいね」

「ああ、絶対に手柄取って帰ってくる！」

しおらしく告げた東美に、尾平は勢いよく抱きつこうとした。

すっと東美が身を引き、尾平を避ける。

そりゃあないよというように、尾平が露骨にがっかりした顔になった。

笑いを誘う光景だ。見送りの村人たちの間に笑いが広がり、鶏《にわとり》さえも騒ぎだす。

平和な日常である。だが、誰もがわかっている。

戦に出た人間が、必ず戻れるとは限らないと。

そしていつ、戦火に村が焼かれるやも知れない、と。

それが、戦というものだ。

×　　×　　×

大王の間で、今、文官たちを率いる列の最前にいるのは、呂不韋とその一派である。

昌文君たち大王派は末席に追いやられている状態で、呂不韋派を睨むのみだ。

大王派は皆、不満を隠さない表情をしている。

今は一枚岩となるべきと呂不韋に主張されても、昌文君たち大王派は、おいそれと呂不韋派を受け入れることはできない。

先だっての、咸陽宮に刺客《しかく》の侵入を許した、嬴政暗殺未遂事件。

裏で糸を引いていたのが呂不韋なのは、状況からして明らかだった。

だが、嬴政は呂不韋を裁かなかった。

いや、裁けなかった。

勢力として呂不韋派が大王派に優っているだけでなく、呂不韋とその一派は、今の秦に必要な人材だからだ。

呂不韋派もそうした事実をわかっているが故に、大王派に対して遠慮することはない。

大王派と呂不韋派の間で緊張が高まる。

そんな中、新たな伝令の兵が、大王の間に駆け込んできた。

礼の姿勢で頭を下げ、伝令の兵が報告する。

「関水を落とした趙軍は、馬陽《ばよう》に向け進軍中！」

馬陽は、辺境とも言える国境の街、関水よりも国の内側に位置する要所だ。

嬴政が肆氏に問う。

「馬陽には何人の民がいる」

「馬陽は大きな城です。一帯あわせて、およそ十五万人がいるかと」

と肆氏。嬴政が思案顔になる。

「……」

黙した嬴政に、昌文君が焦《あせ》った顔で告げる。

「大王様！　馬陽は前線の要《かなめ》！　陥落でもすれば、趙軍は秦国内深くまで侵攻してきます！」

関水とは比較にならないほど、馬陽という地は重要だ。

絶対に死守しなければならない。

文官たちが、ざわめきだす。

「関水はおろか馬陽まで陥落したら、ここ咸陽までは一直線だぞ」

「ええい、軍師たちはなにをしている！　対策案はまだかっ」

文官たちが、不安と苛立《いらだ》ちの声を上げる。

軍師の昌平君は、なにかを思案しているようだ。

嬴政もまた、難しい顔で黙考したままである。

その嬴政に、呂不韋が観察するような目を向けていた。

この重大な局面で嬴政がどのような対処をするのか、大王としての器を計るかのように。

×　　×　　×

咸陽宮軍議の間では、机の上に広げられた戦況図を囲み、呂不韋派の軍師、昌平君の弟子たちによる論議が続いていた。

河了貂と蒙毅も、その論議に加わっている。

地図に記された馬陽の文字に向かい、趙軍と秦軍を表す駒が並んでいる。

秦軍の駒は、趙軍の駒の数よりもいくらか少ない。

駒を見て、河了貂が口を開く。

「趙軍は、十万。今、馬陽に向かっている秦軍は、八万」

十万、八万。どちらも兵の数である。

判明している兵力の差という事実を述べてから、誰にともなく河了貂が問う。

「二万も少ないけど、この差ってどうなの？」

年長の軍師が、河了貂に言う。

「そこまで圧倒的な差ではない」

八万の兵が不利なのは事実だが、戦術によっては戦いようがあるということだ。

一般論としては正しい。

兄弟子の言葉に、蒙毅が難しい顔になる。

「いえ。兵力としては数字以上に差があるかと」

どういうことだと言いたげに、弟子たちの視線が蒙毅に集まった。

蒙毅が確信を感じさせる口調で、説明する。

「用心深いと言われる趙王が動いたとなると、相当な自信があるはず。少なくともこの十万は、しっかり訓練された兵と見て間違いない」

十万の趙軍は寄せ集めではなく、そのほとんどが正規兵で統率が取れているはず、ということだ。蒙毅が説明を続ける。

「一方、かき集められた秦軍八万は、昨日まで農作業をしていた一般兵。その力は大きく開いている」

大軍を編制する際、多くの場合は広く民から兵を募る。

蛇甘平原の戦いの時の信や尾兄弟のような寄せ集めの雑兵《ぞうひょう》が、軍の大半だ。

国に雇われた正規兵と、寄せ集めの雑兵では、練度も装備も、戦に臨《のぞ》む意識さえも、違う。

寄せ集めの軍と、統率された軍が激突した場合、どうなるか。

実際の兵の数の差以上に、戦力には大きな差が出てくる。

だが絶望するにはまだ早い。寄せ集めの兵でも、運用次第では戦える集団となるからだ。

なにかを期待するかのように、蒙毅が告げる。

「こうなると、秦軍は誰が軍を率いるかにかかってくる。この兵力差は、将の力量でしか埋まらないからね」

今回の秦軍を率いる将軍は、誰なのか。

それが今、大王の間では論じられていた。

×　×　×

壇上の嬴政にもっとも近い場所に立つ呂不韋が、引き連れてきた猛将、蒙武に告げる。

「名だたる武将が出払った今、お主《ぬし》がここ咸陽に留《とど》まっていたことは不幸中の幸いとしか言いようがないな、蒙武」

「……全て任せろ」

全身に自信を漲《みなぎ》らせ、鷹揚《おうよう》に蒙武が頷いた。

蒙武の纏《まと》った鎧からは、覇気が滲《にじ》み出ているようだった。

立っているだけで、蒙武は周囲を圧倒している。

大王派を一瞥《いちべつ》もせず、呂不韋が嬴政に進言する。

「では、大王。蒙武を、秦軍総大将に任命を」

「おやめください」

強い口調で抗議したのは、立ち位置を呂不韋に奪われた昌文君だった。大王派でただ一人、臆している様子はない。

呂不韋が昌文君を振り返り、不快そうに問う。

「なにか申したかな、末席の昌文君？」

呂不韋の視線を正面から受け止め、昌文君が確信しているような口調で返す。

「蒙武を総大将に据えるのは、やめた方がいい」

嬴政は、呂不韋と昌文君のやり取りを無言で見ている。嬴政はわかっているのだ。昌文君の反対が、単なる言いがかりではないことを。

だが蒙武は、そうは感じなかったようだ。

「殺されたいか」

蒙武が怒気を放ち、昌文君を睨みつけて凄《すご》む。

「やめよ、蒙武」

冷静に蒙武を制したのは、蒙武と同じく呂不韋を主と仰ぐ昌平君だった。

腑《ふ》に落ちぬという顔で、蒙武が昌平君を見やる。

昌平君が冷静に、蒙武と昌文君の間を取り持つように語る。

「昌文君は昭王《しょうおう》の時代、弓矛を振るった生粋《きっすい》の武人。ここにいる誰よりも、戦の経験がある。昌文君、なにか考えがあるのなら述べられよ」

昌平君の言葉通り、昌文君は今こそ文官ではあるが、元は戦場に出ていた武将だ。

蒙武を総大将に認めないのには経験に基づく昌文君なりの理由があるはずだと、昌平君は考えたらしい。

昌平君の言葉で、蒙武も呂不韋も話を聞く気になったようだ。

説明の機会をもらった昌文君が、両腕を胸の前に掲《かか》げて嬴政に一礼する。

「戦の強さには二種類ある。攻と守だ」

と昌文君。続けて、

「蒙武の強さは、圧倒的に攻に特化している。この点に関しては、今や秦随一やも知れぬ」

昌文君は武将としての蒙武の力を認めている。そうわかる言葉である。

蒙武の怒気が、やや収まった。

だが、と挟んで昌文君が続ける。

「蒙武に守の強さはない。秦国存亡をかけるこの大事な戦を、お前に任すわけにはいかぬ」

再び蒙武の怒気が膨《ふく》らんだ。

先ほどよりも険しい目つきで、蒙武が昌文君を睨む。

「じじい。言い残すことは、それだけか」

「まあ待て、蒙武」

今度は呂不韋が蒙武を制した。呂不韋は続けて、

「話の筋は通っている。だがな、昌文君。今の秦国に、蒙武の他にこの窮地《きゅうち》を救える者がおるのかな?」

「……」

淡々とした口調で呂不韋が問うた。

壇上の嬴政は黙したままだ。

その嬴政の意志を代弁するように、昌文君が呂不韋に返す。

「一人だけ。しばらく戦場を離れ、羽を休めてはおるが、攻と守、双方の強さを兼ね備えた、秦軍最高の武将が、一人」

大王派、呂不韋派、どちらもざわめいた。

秦最高の武将。

そう称される男は、ただ一人。

誰もがその名を、知っている。

だが、その男の姿は今、この大王の間にはない。

「貴様、まさか……」

と蒙武が呟いた時だった。

大王の間の入り口の扉が乱暴に開かれ、圧倒的な存在感を放つ将が姿を見せた。

赤い外套《がいとう》を背に吊るした鎧の上からでも分厚い筋肉が見て取れる、巨軀の男。

鋼《はがね》のように鍛え上げられた身体に、丁寧《ていねい》に整えられた髭《ひげ》。

腰の左右に軽く拳を当てて胸を張り、口元に薄く笑みを浮かべたその男が、笑い交じりに軽い口調で言う。

「んっふっふっふっ。久しぶりに、ここも盛り上がっているようですねえ」

「!?」

誰もが、何故ここにと驚愕《きょうがく》する中、その将が挨拶《あいさつ》する。

「皆さん。ご機嫌は、いかがでしょうか」

「王騎《おうき》!」

呂不韋派たちが、声を揃《そろ》えて武人の名を口にした。

秦の怪鳥の二つ名を持つ、誰もが認める元六大将軍。それが、王騎である。

王騎の背後に、剣を携《たずさ》えた鎧姿の将が一人。名を騰《とう》。王騎に従う歴戦の副官である。

そして。王騎と騰に比べれば身体の線が細く、場には不似合いな粗末な装束の若い男が一人。

自分でも場違いと感じているのか、男は、やや落ち着かない様子できょろきょろしている。

その男の名を、嬴政が口にする。

「信……」

嬴政が友と呼べる、ただ一人の男だ。

「……」

信が無言で、嬴政に軽く手を挙げて返した。

この国で唯一、大王に対して敬意の欠片《かけら》もない言葉遣《づか》いをする信ではあるが、場の雰囲気を察せるようにはなったらしい。片手での挨拶以外、余計なことを口に出さない。

蒙武が対抗するように、王騎の前へと歩み出る。

王騎は柔和《にゅうわ》な笑みを崩さず、蒙武に問う。

「どうしました、蒙武さん？」

蒙武の眼力が、威圧するように増す。

「軍議の邪魔だ。失せろ」

睨みつける蒙武。しかし王騎の表情は変わらない。

「私は、その軍議に呼ばれて参上したのですけどねぇ」

「ふざけるな！　お前などを誰が呼ぶというのだ！」

軽い口調の王騎に対し、怒鳴る蒙毅。意外な人物が口を挟む。

「私が呼んだのだ」

そう言ったのは昌平君だった。

王騎は大王派にも呂不韋派にも属していないが、嬴政には一目《いちもく》置いている。

その意味では、王騎は呂不韋派よりも大王派に近い。

呂不韋派の昌平君が、王騎を呼びつけた。誰もが驚く出来事だ。

呂不韋派、大王派、どちらの文官たちの顔にも、驚愕と疑問の色が浮かぶ。

蒙武が怒りを隠さない視線を昌平君に向ける。

「なんのためだ」

昌平君が真剣な表情で答える。

「秦軍総大将を、引き受けていただくためだ」

蒙武ではなく、王騎を総大将に推す。

その昌平君の言葉に、疑問交じりだった文官たちの表情が驚愕のみに染まる。

信の表情に驚きはなかった。心躍《おど》るというような顔で期待を感じさせる声を漏らす。

「王騎将軍が、総大将……！」

昌平君の行動は、主の呂不韋の知るところではなかったようだ。

得心がいかないという顔で、呂不韋が昌平君に問う。

「どういうことだ、昌平君？」

昌平君が畏《かしこ》まった態度で呂不韋へと向き直る。

「徴兵令とともに、王騎将軍に依頼しておりました。返事がなかったゆえ、次に蒙武に」

ふむ、と呂不韋。短く思案し、口を開き直す。

「……二人、揃ってしまったな。どちらを大将にする？」

呂不韋の問いに、昌平君が一瞬も考えずに答える。

「もちろん、王騎将軍です」

蒙武の怒りの表情に、さらに不快の色が加わった。

「それで俺が納得すると思っているのか、昌平君」

昌平君が顔色一つ変えず、蒙武に告げる。

「これは、軍総司令としての私の決定だ。覆《くつがえ》ることはない。秦軍総大将は、王騎将軍だ」

話にならんという表情で蒙武が歩きだす。大王の間から出ていくようだ。

入り口近くに立ったままの王騎を、蒙武がすれ違う際に睨みつける。

「お前など過去の遺物だ。俺は認めんぞ」

「私はあなたのことを認めていますよ、ある程度は──んふっ」

飄々《ひょうひょう》とした態度の王騎。王騎の側近、騰が蒙武に白目を剝《む》いてみせた。

馬鹿にするような騰の態度に反応せず、蒙武が無言で去っていく。

蒙武が退室し、王の間の雰囲気が落ち着いた。

それでは、と王騎が改めて告げる。

「皆さんにも、退出していただきましょうか」

唐突な王騎の言葉に、大王派、呂不韋派、どちらもざわめいた。

呂不韋が疑念を隠さず、王騎に問う。

「どういうことか？　これからそなたを中心に、軍議を再開するのだぞ」

王騎は呂不韋を見ようともせず、正面を向いたままだ。王騎の視線は、壇上の嬴政に注がれている。

「まだ、大王の口より正式に大将の任命を授かっていません」

嬴政は、王騎と呂不韋のやり取りを無言で見つめている。

「一旦退出しましょう、丞相」

昌平君に促《うなが》された呂不韋は嬴政に一礼すると、しぶしぶというように大王の間から出ていく。

昌文君、肆氏と他の文官たちと騰もぞろぞろと退室していった。

信は一人、そっと退室する人の流れから離れると、大王の間に幾つも並ぶ太い柱の陰に身を隠す。

隠れた信以外、大王の間に残ったのは、嬴政と王騎のみだ。

王騎は改めて、玉座の壇の前まで歩み出た。

嬴政と王騎が、しばし無言で視線を交わす。

信は柱の陰で息を潜め、嬴政と王騎の様子を窺《うかが》う。

壇上の玉座に腰を下ろしたまま、嬴政が口を開く。

「なんだ、王騎。わざわざ、わかりやすい人払いまでして」

短い沈黙の後、王騎が静かな口調で告げる。

「……大王。あなたの曽祖父、昭王は偉大な王でした」

昭王。当時の秦軍に六大将軍を置き、秦に領土拡大をもたらした。

曾祖父の偉大さは、嬴政も知らぬことではない。

嬴政は、眉一つ動かさずに返す。

「十分、理解している」

「あなたが不幸なのは、模範とする王の姿を実際に見られていないことです。なにしろ七年前まで趙に人質となっていましたから」

王騎の言葉に、嬴政は無言だ。

柱の陰の信が驚いた顔で、ささやくように呟く。

「……人質？」

言った後に信が、はっとした顔で口を閉ざす。

不用意な行動だったが、嬴政と王騎に気付かれた様子はない。

黙って聞いている嬴政に、王騎が続ける。

「あなたほど、人の恨みと憎しみを、その身をもって感じた王はいないでしょう」

わずかにだが嬴政の表情が変わった。その感情まではわからない。

「王騎。なにが言いたい？」

「今一度、確かめておきたいのです。あなたがなぜ、中華統一を目指すのか」

やや改まった口調で王騎が言い、より強い視線を嬴政に向ける。

嬴政は一瞬も王騎から視線を外さない。

しばし後《のち》。覚悟を決めたかのように、嬴政が再び口を開いた。

「……約束を、したからだ」

「約束？」

と王騎。嬴政がどこか遠くを見るような目をする。

「ああ。ある人とのな……」

　短い沈黙を挟み、嬴政が語る。

「……王家の血を継ぐ俺の父は、休戦協定の引き換えに、人質として敵国、趙に囚《とら》われていた。俺は、その時に生まれた子だ。父は呂不韋の手引きで祖国秦に脱出し、残された俺は、趙の都、邯鄲《かんたん》で育った」

第二章

紫夏という女

玉座《ぎょくざ》の嬴政《えいせい》が、淡々と過去を語る。

「長平《ちょうへい》の大虐殺の恨みは、秦《しん》の王族の血を引く俺に向けられた。俺は物心ついた頃から周りのすべての人間の、憎悪と暴力を浴びて生きてきた」

王騎《おうき》は、黙して聞き入るのみだ。

柱の陰で、信《しん》も息を潜《ひそ》めて嬴政の話に耳を傾けている。

嬴政は思い出す。今より七年前、趙《ちょう》の王都、邯鄲《かんたん》での日々を。

——今、思えば。

——殺されなかっただけでも、幸いだったのかもしれないな。

家から外に出れば、嬴政を待っていたのは暴力の嵐だった。

嬴政の出自が事実だと信じられていたか否《いな》かは、今となってはわからない。

だが嬴政が秦の王族の血筋だという噂は、邯鄲の人間の多くが知るところだった。

長平大虐殺の怨敵《おんてき》、秦の王族の落胤《らくいん》。

邯鄲の人間には、それだけで嬴政を虐《しいた》げる理由は充分だった。

必要に迫られて嬴政が外出するたび、街の住民たちに取り囲まれ、理不尽に殴られ、蹴られ、引きずり倒され、さらに蹴られた。

抵抗すればいっそう酷《ひど》い暴力を振るわれるだけだと学んでしまった嬴政は、ただただ彼らが殴り飽きるまで、地にうずくまるしかなかった。

自《みずか》らの出自を呪い、繰り返される暴力になにもかも諦《あきら》めていた、ある日。

日課のように嬴政に暴力を振るう者たちを、止める人間が現れた。

『やめろ！』

商人と思《おぼ》しき装束《しょうぞく》を纏《まと》った、若い女だった。

その女の姿が嬴政の脳裏に浮かぶ。

女にしては背が高めで、細い首が印象的な美人。柔和《にゅうわ》な顔だちだが、目は心の強さを感じさせた。

嬴政の知る限り、もっとも優しくしてくれた人だった。

「俺はその時、初めて人に救われた。その人の名は、紫夏《しか》。趙の闇商人だった」

「闇商人？」

王騎が疑問を含む口調で返した。

嬴政は感情を交えずに、平然と語る。

「人質だった父親が秦に脱出してから、残された俺は食べるものにも困り、まるで奴隷のような生活を送っていた」

奴隷。

その言葉に、かつて同じような生き方をしていた信が、柱の陰で息を呑む。

「……」

無言を保つ信だが、顔には驚きがあった。大王がかつて奴隷のような生活をしていたと、にわかに信じられないのだろう。

嬴政が言葉を続ける。

「ところがある日、俺を取り巻く世界が急変した」

その事情は王騎も知るところらしい。確かめるように王騎が言う。

「昭王《しょうおう》が亡くなり、あなたの父親が王位を継ぐことが決まった。つまりあなたが、その次の王位継承者になった」

昭王。嬴政の曾祖父で、嬴政は一度も会ったことがない。

嬴政は一つ頷《うなず》いた。

「そのため、是が非でも俺を秦に連れ戻さなければならなくなり、急遽《きゅうきょ》、闇商人が金で雇われたのだ。彼らは役人の目を盗み、荷物を他国へ運ぶ名人だからな」

王騎が納得したような顔になる。

「……なるほど。しかし、大事な王位後継者の移送を闇商人に頼るとは、ずいぶんと乱暴な計画ですね」

脱出計画に闇商人を使った理由は納得できても、計画のずさんさを王騎は感じたらしい。

当事者の嬴政にしても、よく成功したものだと思えるほどだ。

成功したのは、他でもない。計画参加者の献身だ。

計画を強引に遂行《すいこう》する。その理由は単純だった。

全てを、嬴政が死ぬ前に終わらせなければならない。それだけだ。

「時間がなかったのだ。趙でひどい仕打ちを受けていた俺が、秦に戻り王になれば面倒だということは、趙の王もわかっていた。趙王に殺される前に、俺は脱出する必要があった」

ふぅむと感心したように、王騎。

「よくそんな危険な仕事を、その闇商人は引き受けましたね」

王騎の言葉に、嬴政は感慨を覚えた。

「ああ、俺もそう思う……」

──ほんとうに、な。

嬴政は、一日たりとも忘れたことがない。

紫夏。亜門《あもん》。道剣《どうけん》。

己《おのれ》を逃がすために命をくれた、その者たちのことを。

×　×　×

七年前。趙の首都、邯鄲の路地で複数の街の人間から酷い暴力を受けていた嬴政が、紫夏に助けられた、あの日の夜。

嬴政は河原近くの石段に座り、夜空を見上げていた。

中天に満月。冷たく白い輝きに、嬴政はなにも思わない。昼間の暴行で受けた青あざを意味なく摩《さす》るのみだ。

「そんな怖い顔をして。月は、お嫌いですか？」

横から不意に、嬴政は問われた。若い女の声だった。

見ると、見覚えのある女が近くに立っていた。

やめろと声をかけ、街の者たちの暴行から嬴政が逃げるきっかけを作ってくれた、あの女だ。

「お前は……昼間の……──」

紫夏が嬴政の言葉を遮《さえぎ》るように、夜空を仰ぐ。

「私も昔は嫌いでした。月が」

嬴政は、紫夏にならって夜空を見上げる。

「……」

白く冷たい満月に、嬴政はなにも感じはしない。

月はただ、そこにある。それだけだ。

そんな嬴政の耳に、妙に心地よく紫夏の声が響く。

「苦しみのどん底で見上げる月は、いつもより輝いて見えます」

「……」

――ならば俺の見る月は、いつも同じ輝きだな。

嬴政は無言だ。不意に紫夏が、ふてくされたような口調になる。

「まるで自分を嘲《あざけ》り笑ってるように。ほんと、ふざけんなです」

思いがけない乱暴な言葉遣《づか》いに、嬴政は紫夏に少し興味が湧いた。

隣に腰を下ろす紫夏を、嬴政は無言で見ていた。

「……」

――嘲り笑うか。わかる気がするな。

でも、と挟んで紫夏が続ける。

「そうではないのだと、教えてくれた人がいます。私を拾い、育ててくれた父です。父は言いました。月がいつもより輝いてるのは、くじけぬように励ましてくれてるのだと」

――なるほど。面白いことを言う。

嬴政は月の輝きが、増したような気がした。

しばし無言で、嬴政は紫夏と並んで月を見上げた。

「お前には。二つ、礼を言わねばならん」

嬴政は月を眺めたまま、そう言った。

「？」

きょとんとする紫夏に、嬴政は続ける。

「助けてもらったこと。それともう一つ、月の秘密を教えてくれたことだ。ありがとう」

紫夏が一瞬、珍しいものを見たかのような顔をした後、小さく微笑んだ。

「……どういたしまして」

返事はせずに嬴政は立ち上がり、家に戻ることにした。

夜ももう遅い。あまり帰りたくない家ではあるが、外で夜明かしして、また誰かに見つかり、理不尽な暴力を受けるのは、できれば避けたい。

なぜだか今宵《こよい》の足取りは、いつもよりわずかにだが軽い気がした。


立ち去る嬴政を見送る紫夏の傍《そば》に、暗がりから一人、男が現れる。

若い男だが、紫夏は警戒しない。見知った顔である。

名は亜門。紫夏の弟分の闇商人だ。

「決めた通り、仕事は断ってきたぞ」

声を潜めて亜門が紫夏に言った。続けて、

「あんなガキのために、俺たちが命をかける必要なんてない」

紫夏は視線を亜門から外し、無言で月を見やった。

亜門がぶつぶつとこぼす。

「なんだよ、頭領。……まさか、迷ってんじゃねぇだろうな」

紫夏は月を見上げたまま、きっぱりと告げる。

「いいや、迷ってなんかいないよ。答えは、はっきりした」


紫夏と別れた後、深夜の路地裏を歩いていた嬴政は、不意に足を止めた。

誰もが寝静まり、街には人気《ひとけ》のないはずの時刻。

だが嬴政は、人家の灯《あか》りなどない闇の中に、人の気配を感じたのだ。

気配は背後にある。嬴政は恐る恐る振り返った。

闇の中から、人の形をした影が現れる。

影と対峙《たいじ》した嬴政は、身を固くした。

嬴政が抱いた感情は他ならぬ、恐れだ。

「──また、お前……」

幽鬼のように音もなく立ちふさがったその影は、嬴政と同じ顔をしていた。

「来るな……来るな！」

嬴政は両手を顔の前で振り、己と同じ姿の影を追い払おうとする。

「……ッ！」

逃げなければ、と足早に立ち去ろうとした嬴政を、男が呼び止める。

「お待ちください、政様！　お迎えに上がったのです！」

いつの間にか、見知らぬ中年の男が目の前に立っていた。

己に見間違えた影は、嬴政の幻覚だったようだ。

男の格好は、よくいる街の庶民のそれだった。

嬴政は、趙の人間の誰からも憎まれている身である。

次の瞬間、前の男に殴りかかられても、なにも変ではない。

「――!?」

何事だと再び振り返る嬴政の前に、男が跪《ひざまず》いて礼の姿勢を取り、告げる。

「永《なが》きご辛抱《しんぼう》、誠に痛み入ります。政様、秦への帰還の刻《とき》が参りました。帰るのです。秦に」

男の名は道剣。秦から嬴政を迎えに来た秦の遣いだった。

「……秦に」

秦に帰る。とても信じられる話ではない。しかも相手は見ず知らずの男だ。

疑念しかない嬴政に、道剣が真剣な顔で説明する。

「先日、昭王が崩御《ほうぎょ》され、政様のお父様が太子《たいし》に就《つ》かれました。ご嫡子《ちゃくし》の政様は、その後継者となられたのです」

もっともらしい話だが、嬴政には信じる根拠がまったくなく、聞くに値《あたい》しない話だ。

下手に信じた末路が、人買いに売られ、奴隷堕《お》ち。

そのほうが嬴政にはよほど現実味があった。

嬴政は、道剣を無視してその場を去ろうとする。

道剣は嬴政に追いすがろうとした。

「お待ちくださいい政様！　見張りのいない今が脱出の好機！」

しかし、嬴政は止まらない。

「無理だな」

と、別の男の声が聞こえた。

嬴政が声のしたほうを見やると、またも嬴政の知らない男が近づいてくる。

紫夏の仲間の闇商人、亜門だった。

「おっさんだけじゃ、この都すら出られない」

嬴政にすがりついたまま、道剣が亜門を睨《にら》む。

「貴様。断っておいて、なにしに来た」

嬴政は知らない。

道剣が真実、秦から嬴政救出のためによこされた遣いであり、趙から秦への脱出計画を紫夏に依頼し、代理の亜門に断られたことを。

当人の嬴政だけを余所《よそ》に、すでに事は動いているのである。

睨み合う道剣と亜門。そこに女が現れた。

紫夏である。見覚えのある顔に、嬴政の緊張がわずかにだが和《やわ》らいだ。

「この仕事、引き受けましょう」

と紫夏。嬴政に向けて優雅に一礼する。

「闇商人紫夏の名において、政様を秦にお届けします」

×　×　×

咸陽宮、大王の間。そこにいるのは嬴政、王騎、そして柱の陰に隠れた信の三人のみ。

嬴政が語った紫夏との出会いを、王騎は黙して聞いていた。

柱の陰の信が少し落ち着きなく身じろぎする一方、王騎は眉一つ動かさない。

信も王騎も、嬴政の話の続きを待っていた。

嬴政がしばしの間を置いて、再び口を開く。

「闇商人の紫夏たちは、各関所の者たちに賄賂《わいろ》を渡し、いつものように根回ししていた。顔見知りのいる関所では、俺は荷物に身を潜め、紫夏が機転を利《き》かせてやり過ごした」

×　×　×

闇商人、紫夏の嬴政脱出計画は、単純なものだった。

普段から商品の輸送に使っている紫夏の馬車で、趙から秦に向かう。それだけだ。

趙から秦への街道には、途中に幾つか関所がある。

関所を通る際、嬴政は大きな木箱に身を潜め、検査役の役人の目をかいくぐる。

人の隠れている木箱など蓋《ふた》を開けて中身を検《あらた》められたらそれまでだが、紫夏の馬車の荷物は、役人による検査をほとんど受けない。

関所の役人に賄賂を渡し、顔見知りになっている紫夏だからこそ、荷物の検査を受けずに済むのだ。

紫夏にしかできない脱出計画だった。

最後の関所、呂干《ろかん》関門の一つ手前。

その関所を通る際、不意に紫夏は役人に呼び止められた。

「紫夏、どうしたことだ？　見知らぬ顔がいるぞ」

馬車に乗っているのは、馬を操っている紫夏、そして亜門と道剣だ。

役人は紫夏と亜門とは顔見知りだが、秦の遣いである道剣の顔など知るはずがない。

紫夏は平然と馬を止めた。だが亜門の顔は明らかに緊張している。

当然、道剣の表情も強《こわ》ばる。素性を隠すには下手なことも言えず、口も開けない。

一方で紫夏は、笑みさえ浮かべている。

「人手不足でね。途中の村で雇ったのさ、しっかし、使えなくてねえ」

軽い口調で紫夏が答え、あごで道剣を示す。

「ここに置いていってもいいかい？」

紫夏の言葉が予想外だったのか、道剣がぎくりと身を固くする。

その道剣のおどおどした態度が役人は気にくわないようで、不快感を顔に表した。

「……邪魔臭《くさ》いわ、行け！」

道剣がほっとした表情になり、紫夏が馬に進むよう手綱を操る。

紫夏の馬車は関所を離れ、荒野に出た。関所から充分に距離を取り、馬車を止めて休憩を取ることにした。

周囲は立ち枯れた背の高い草ばかりで、行き交う人間はいない。

闇商人の紫夏と亜門、道剣は馬車を降り、適当な場所に腰を下ろして食事をしている。

嬴政は一人、離れたところに腰を下ろしていた。

食事をしつつ、道剣が嬴政を気にかける。

「政様、また食べていない」

紫夏が弁当包みを一つ手にし、嬴政のもとに向かう。

「食べないと、秦まで持ちませんよ」

歩み寄ってきた紫夏を、嬴政は石に座ったままちらりとも見ない。

「お前はなぜ、命の危険を冒《おか》してまで俺を助けようとする」

嬴政は紫夏に顔を向けることなく、疑問だけを叩きつけた。

そこまでして、紫夏に嬴政を助ける理由など、なにもないはずだ。嬴政はそう考えていた。

紫夏が短く沈黙した後《のち》、語りだす。

「……私と亜門は戦争孤児で、餓死寸前のところを、通りすがりの闇商人に助けられました。その人が、月の輝きの意味を教えてくれた、私の父です」

嬴政が感銘を覚えた月の見方を、紫夏は養父から教わったということだ。

「……」

黙している嬴政。紫夏が続ける。

「私と亜門は、その父の差し出した手の温《ぬく》もりを、決して忘れない」

紫夏は一度、そこで言葉を句切った。黙《もく》したままの嬴政に、諭《さと》すように語りかける。

「……父は、私が十歳の時に死んでしまいました。受けた恩を、なに一つ返せていないと泣いた私に、死の間際《まぎわ》、父は笑顔でこう言った。『受けた恩恵はすべて次の者へ』と」

恩は返すのではなく、次の誰かに与えるべき。

これまでの嬴政の人生では、考えられない教えだった。

「――だから。私は今、あなた様に手を差し伸ばすのです」

紫夏が笑みを浮かべて嬴政に弁当包みを手渡すと、亜門たちのほうへと戻っていく。

その背を嬴政は、無言で見つめた。

×　　×　　×

嬴政と王騎、そして信しかいない、大王の間。

語り続けているのは嬴政のみだ。王騎も柱の陰の信も、静かに聞いていた。

嬴政は一度沈黙し、残すところわずかになった趙からの脱出について、話を再開する。

「三つの関所を抜け、そして。いよいよ、最後の関門を残すだけとなった」

×　　×　　×

休憩を終えた紫夏一行は、最後の趙の関所、呂干関門へと入った。

最後の関所だけあって、呂干関門は他の関所よりも立派で行き交う人も多く、賑《にぎ》わっている。

そのぶん見張りの役人や兵も多く、紫夏たちの馬車も多くの目に晒《さら》された。

嬴政はこれまで通り、木箱に入り馬車の荷台で息を潜めていた。

馬車はゆっくりと、関所の中を進む。

馬を操っている紫夏は、なに食わぬ顔を装《よそお》っている。だが隣の亜門は緊張を隠せない。

一つ前の関所で疑われた道剣は、なおさらだ。固い表情で必死に前だけを見ている。

そんな中にあって、紫夏一人だけが、平然と構えていた。

この関所でも紫夏は多くの役人と顔見知りだ。

荷物を検められるようなことはなく、馬車が関所から外へと出る。

がたごとと馬車の車輪が立てる音に紛《まぎ》れるように、道剣が大きく息をつき、呟《つぶや》く。

「――よし、最後の門を越えた。あとは秦まで走り抜けるだけだ」

道剣が改めて、紫夏へと頭を下げる。

「感謝する、紫夏」

平然とした演技をやめ、引き締まった表情になった紫夏が、ささやくような声で返す。

「感謝するのは、政様を秦に送り届けた後に……」

突然、ひょうっという風切り音が、抜けたばかりの関所のほうから聞こえた。

直後、どすっとなにかが突き立つ音が、馬車の荷台で起こる。

「！」

亜門と道剣が驚愕《きょうがく》して立ち上がり、振り返る。

荷台の木箱に、矢が突き立っている。

あろうことか、矢に射貫《いぬ》かれたのは、嬴政が隠れた木箱だった。

「なにをする!!」
と道剣が、関所の出口付近に屯《たむろ》する複数の趙の兵に向けて怒鳴った。
兵の一人がふてぶてしい態度で、からかうように言う。
「試し射《う》ちだよ」
他の兵たちもへらへらと笑っていた。
道剣が、血相を変えて馬車を飛び降りようとする。
それを無言で紫夏が制し、手綱を操って馬車を進ませた。
嬴政の身が心配でも、ここで木箱を開けて確かめるわけにはいかないのだ。
そんなことをしたら、嬴政の存在が関所の兵に知られてしまうだけである。
今はとにかく、関所の兵の目が届かぬ場所まで急ぐのみだ。
呂干関門が見えなくなるまで、紫夏の馬車は疾走した。

呂干関門から離れ、門が見えなくなったところで、紫夏が馬を制して馬車を止める。
紫夏、道剣、亜門と次々に荷台の上を後ろ側へと急ぐ。
嬴政の隠れた木箱に、深々と矢が突き立っていた。
矢の柄が入り込んでいる深さから考えて、間違いなく中の嬴政に矢が刺さっている。

矢の当たり所によっては最悪、嬴政が死んでいてもおかしくはない。

「声もしなかったぞ」

と亜門。その言葉の通り、矢が木箱に命中した際、悲鳴は上がらなかった。

矢傷を負えば激しい痛みを伴うはず。

仮に矢を受けると覚悟し身構えていたとしても、声を上げずに耐えられるものではない。

声すら上げられずに即死した。

その可能性もある状況に、紫夏が無言で顔を青ざめさせる。

「……」

道剣が恐る恐る木箱に近づき、蓋に手をかけた。

「……政様」

呼びかけ、道剣が木箱の蓋を開く。

途端、嬴政が勢いよく身を起こした。

驚愕する紫夏たちに、平然と嬴政が言う。

「矢を抜け。出られぬ」

嬴政が胸の前で曲げた腕に、木箱を貫通した矢が突き刺さっていた。

木箱の壁に、矢で腕を縫い留《と》められている状態だ。

矢の刺さっている位置が悪く、嬴政が自由になるほうの手で矢を抜けそうになかった。

これでは嬴政自ら、箱を出るにも出られない。

鏃《やじり》は腕を貫通せず、胸には至っていなかった。不幸中の幸いだった。

「政様、よくぞ、一声も発せず我慢なされました！」

感激したように道剣が告げ、木箱の外側から矢を手にする。

「抜きますぞ」

嬴政が頷く。道剣が一気に矢を引き抜いた。

矢を引き抜く際、刺さった時に勝るとも劣らない激痛が走るはずだが、嬴政は苦悶《くもん》のうめき一つ漏《も》らさなかった。

平然とした顔の嬴政が、木箱から這《は》い出る。

その姿に、亜門が呆れたように言う。

「こいつ。矢で射貫かれたのに、平然としてやがる」

嬴政は馬車の荷台に座り直した後も、血が滴《したた》っているにも拘《かか》わらず傷を気にしなかった。

「……」

無言の紫夏の顔には、わずかに疑問の色が浮かんでいる。

道剣が、傷を負った嬴政を気遣《きづか》うように告げる。

「ご心配なく。もうすぐ帰国です」

嬴政は無表情のままだ。紫夏が嬴政を安心させようと声をかける。

「ここまでくれば、もう安心です」

亜門が嬴政をからかうように言う。

「いずれ王になれたら、贅沢三昧《ぜいたくざんまい》だな」


「誰が王になるって？」


どこからかそんな声がした。

嬴政は険しい表情で辺りを見回した。背の高い雑草が茂るのみの荒野に人の姿はない。

声は、嬴政にしか聞こえていないようだ。

嬴政の雰囲気のただならぬ変化に、亜門と紫夏が不思議そうに問う。

「どうした？」

「どうされました？」


「誰が王になるって？」

嬴政の耳元で、その声が再びそう問うた。さらに、その声が告げる。

「お前は、王にはなれない」


「あああぁっ!!」

怯えた嬴政は叫び、荷馬車から飛び降りて駆けだす。

嬴政の背に、紫夏が声を投じる。

「政様！」

「あいつ、時間がないのになにやってんだ！」

亜門が慌てた顔で嬴政を追おうとするが、紫夏が片手でそれを制した。

「私が連れ戻す！　政様っ！」

紫夏は荷馬車を飛び降りると、嬴政を追った。


藪《やぶ》をかき分け、嬴政は逃げるように荒野を走る。

正面。人影を認めて立ち止まる。

その影は、嬴政の姿をしていた。

「……誰が王になるって？」

もう一人の嬴政が三度《みたび》、問うた。

無言の嬴政に、もう一人の嬴政が断定するように告げる。

「お前は、父にも母にも捨てられた。お前を必要としている人間など、誰もいない」

「……やめろ」

嬴政が震える声で言った。もう一人の嬴政が構わずに続ける。

「秦に帰っても、お前の居場所はない。なにより、壊れているお前は、王になってはならない」

もう一人の自分に突きつけられた言葉に、嬴政が無言で立ち尽くす。

「……」

そこに、嬴政を追ってきた紫夏が現れた。

「政様？」

「……」

嬴政は無言のままだ。なにかを察したが、紫夏が大きな声で名を呼ぶ。

「政様！」

嬴政はよろめき、その場から逃げ出した。

すぐに足がもつれて嬴政は転倒し、紫夏に追いつかれる。

「政様！」

「来るな！」

起き上がりもせずに、嬴政は手を振って紫夏を拒絶した。

紫夏が優しく問いかける。

「政様、どうしたのですか？　もうすぐ帰れるのですよ」

嬴政は紫夏から目を逸《そ》らした。荒く息をし、喘《あえ》ぐように言う。

「俺は、帰れない」

「？」

紫夏が嬴政を見つめたまま、口を閉ざす。

「帰ってはいけない理由が、あるんだ」

嬴政が小さな声で告げ、腕の矢傷をもう片方の手で握った。

爪が食い込むほどに嬴政が強く傷口を握りしめ、激しく血が滴る。

嬴政の自ら傷を抉《えぐ》る行為に、紫夏が悲痛な声を上げる。

「なにをッ!?」

嬴政は髪を振り乱し、訴える。

「……痛みが、ないんだ」

「……！」

紫夏が息を呑む。嬴政はさらに告白する。

「それだけじゃない。味も、匂いも、暑さも寒さも俺はもう、なにも感じない」

感覚の全てを失ったという嬴政に、紫夏が顔を青ざめさせた。

「そんな……」

構わず嬴政は告白を続ける。

「壊れてるんだ、俺は。こんな奴が、王になどなれるわけがない」

嬴政の告白は、懺悔のようにさらに続く。

「殴られて、憎まれて、恨まれ続けて、気づいた時には、こうなってた」

顔を伏せている嬴政は、気付かない。

紫夏の表情が、驚愕と恐れから、悲哀に変わっていることに。

隠し続けた事実を語りきった嬴政の口から、素直な感情がこぼれ落ちる。

「俺だってなりたかった。民《たみ》を導く王になりたかった……」

嬴政は深く項垂《うなだ》れた。その背を、紫夏の声が打つ。

「なれますよ！」

嬴政はハッとして顔を上げた。

両の目から涙を溢《あふ》れさせた紫夏が、両手で嬴政の両の肩を強く握る。

「私がならせてみせます！」

紫夏が涙に濡れた目で、まっすぐに嬴政を見つめた。

嬴政の肩を放し、紫夏が嬴政の手を両手で包み、切々と語る。

「痛みがないのなら、私が代わりに感じます。味も、匂いも、全部」

嬴政はすがるような目を紫夏に向けていた。

紫夏の顔に浮かんでいる感情は、慈愛に他ならない。

「でも、大丈夫。あなたはちゃんと感じていますよ」

なにを、と問うことさえできない嬴政に、紫夏が告げる。

「あの晩、一緒に月の輝きに感動したじゃありませんか」

紫夏が嬴政に笑いかけた。純粋に、優しさのみの笑顔だった。

「私がついていています。さあ、一緒に秦へ帰りましょう」

嬴政の頭を、紫夏が両腕で強く抱きしめる。

その姿は、母のようだった。

実の母にさえ疎《うと》まれ続けた嬴政は、紫夏の腕の中で涙した。

他人の前で嬴政が流した、初めての涙だった。


紫夏に連れられて、嬴政は馬車に戻ってきた。

嬴政が馬車に乗る手伝いをする紫夏に、亜門が問う。

「おい。そのガキ、大丈夫なのか?」

紫夏が気休めではないとわかる口調で、はっきりと答える。

「大丈夫。もう、大丈夫」

その時だった。いきなり遠くから太鼓の音が聞こえ始めた。

太鼓の音がする方向にあるのは、呂干関門だ。

同時に道剣が気付く。呂干関門の方角に、細い煙が立ち上り始めたことに。

「のろしだ！」

太鼓の音と、のろし。のろしを上げているのは呂干関門と見て間違いないだろう。

呂干関門の役人が、どこかに異常事態を伝えているのである。

考えられることは、ただ一つ。

嬴政の脱出が、趙側の知るところになったということだ。

亜門が焦《あせ》って声を上げる。

「ばれた！　すぐに追手が来るぞ！」

「逃げるよ！　荷物を捨てて!!」

紫夏の号令で、道剣と亜門が荷台の木箱や俵《たわら》を外に放り出し、馬車を軽くする。

さらに道剣と亜門は、後方からの襲撃に備え、荷物の下に隠していた簡素な木製の盾《たて》を起こし、馬車後部に立てた。

その間に、紫夏が馬を操る位置につき、手綱を握った。

直後、馬車が勢いよく走りだし、車輪が土埃《つちぼこり》を巻き上げる。

荷台の盾の陰で亜門が弓と矢を二人ぶん用意し、一つを道剣に渡す。

亜門と道剣が盾から顔だけ出して後方を窺《うかが》うと、馬車を追ってくる多数の騎馬が小さく確認できた。

見える限りでも騎馬の数は十やそこらではない。かなりの規模の騎馬隊のようだ。

「追手が近づいてるぞ！」

道剣が警告した。馬車と騎馬では、圧倒的に騎馬が速い。

見る間に騎馬の姿が大きくなっていき、兵たちの武装の種類が見て取れた。

剣、槍、弓。近距離から遠距離まで対応できる兵が揃《そろ》っている。

亜門が不安そうにこぼす。

「合流地点まで、まだ相当あるぞ」

最後の関所を越えたとはいえ、秦からの迎えと落ち合う場所は、まだ先である。

追手の趙兵が、騎馬の上で弓に矢をつがえ始めた。

馬を操りつつ、ちらちらと後方を窺っている紫夏が、それを察したようだ。

「政様っ！　矢が来ますので、頭をお下げください！」

紫夏の声が合図になったかのように、後方から矢が降り注ぎ始める。

荷台後ろに据えた盾に次々と矢が刺さる。盾がなければ、全員が矢を受けていただろう。

盾の備えは充分に、役に立っている。

だが、盾で全ての矢を防ぎきることはできない。

盾を飛び越えた一本の矢が、紫夏の右肩の下に命中した。

「紫夏ッ！」

嬴政はすぐさま紫夏の腕に飛びつき、矢を抜く。その最中にも矢が降り注ぐ。

「危ない！」

自らの傷を気にすることもなく紫夏が叫んだ。

嬴政の肩や髪を、幾本もの矢がかすめる。

紫夏が己を盾にするように、怪我をした腕で嬴政を抱《かか》え込んだ。

その間も、紫夏は馬の操作をおろそかにしない。

たとえわずかでも騎馬隊が追いつくまでの時間を稼《かせ》ぐために、紫夏は馬に無理をさせる。

だが騎馬のほうが速く、騎馬隊がさらに接近してくる。

「横から新手《あらて》です！」

と紫夏。その言葉通り、横手の土手を乗り越え、新たな騎馬隊が現れた。

追手の騎馬の数は、すでに三十を越えている。

道剣と亜門が盾の陰から応戦しているが、圧倒的に不利だ。

盾を飛び越えた矢が何本も、紫夏と嬴政をかすめる。

道剣が嬴政に叫ぶ。

「政様！　盾の陰に！」

紫夏が視線で嬴政を促《うなが》す。嬴政は紫夏から離れて盾に向かった。

盾に隠れた亜門が、吐き捨てるように言う。

「合流地までまだ二刻もある……くそ！　ここまでかっ」

騎馬隊がさらに近づき、降り注ぐ矢は尽きることがない。

無数の矢が突き立った盾は、もはや針山のようだ。

状況は間違いなく最悪で、絶望的である。

秦の迎えの合流地点まで、逃げ切れる可能性は極めて低そうだった。

馬を操る紫夏から、叱咤《しった》が飛ぶ。

「諦めてんじゃないよ！　亜門！」

「!?」

驚愕する亜門を、紫夏がさらに怒鳴りつける。

「矢も尽きていない、馬も走っている！　諦めるな！」

皆の視線が紫夏に集まる。

紫夏は、絶望などしてたまるか、という気迫に満ちていた。

「紫夏の言う通りだ！」

鼓舞するように嬴政は叫び、毅然《きぜん》とした態度で続ける。

「合流地の兵が動いてくるかもしれない。今は諦めず、秦に一歩でも近づくことを考えろ」

これまでの、自らの境遇に絶望し、拗《す》ねたような態度とは違う。まるで別人だ。

亜門と道剣も、嬴政の変化に感じるものがあったらしい。

「お前……。へっ！」

亜門が、どこか嬉しそうに短く笑った。

道剣が居住まいを正し、嬴政に礼をする。

「は！」

道剣と亜門が立ち上がり、弓矢で応戦を再開した。

戦う彼らの姿から目を逸らさない嬴政の表情は、苦境に抗《あらが》う決意を感じさせた。

そんな嬴政に、紫夏が頼もしいものを見るような表情になる。

「本当に、目覚められたみたいですね！」

迷いの消えた目で、嬴政は紫夏の背を見やる。

「お前のおかげだ！」

嬴政を狙って騎兵が槍を投げた。矢とは違う槍の重い一撃が、荷台後ろの盾を倒す。

「嬴政だ」

「嬴政を殺《や》れ」

無防備になった嬴政を狙い、騎兵たちが矢をはなつ。

瞬時に道剣が嬴政をかばった。その胸に矢が突き刺さる。

「うぐ！」

深い矢傷に、道剣がよろめく。

「道剣！」

叫ぶ嬴政の目の前で、道剣の全身を無数の矢が襲う。

矢の幾本かは致命傷になったようだ。道剣が大量の血を吐く。

「せ、政様。……お許しを」

道剣が立ったまま事切れ、馬車の後ろへと落下した。

追手の騎馬が転落した道剣の屍体《したい》を避け、それが隙《すき》となってわずかに馬車との距離が開く。

「おっさん！」

道剣の最期《さいご》に亜門が叫んだ。

その間にも、騎馬が再び馬車へと迫る。

いよいよ騎馬隊に追いつかれるという時に、紫夏がなにかに気付き、声を上げる。

「政様！　前から砂煙が！　合流地の兵です！」

馬車の進む先。まだかなり距離があるが確かに土煙が上がり、騎馬と思しき影がある。

亜門の表情に希望の色が浮かんだ。

「もう少しだッ!!」

「！」

嬴政は道剣が落としていった剣を拾い、構えた。

嬴政を狙った騎兵の槍を、亜門は騎兵と嬴政の間に入り、弾《はじ》く。

槍の届く距離まで、騎馬隊が馬車に迫ったのだ。

亜門がかばった嬴政を怒鳴りつける。

「馬鹿！　お前は下がってろ！　お前が死んじゃなんにもならん！」

「そうはいかない！」

嬴政の覚悟を悟ったか、亜門はそれ以上はなにも言わずに武器を剣に持ち替え、馬車に近づく騎兵と激しく斬り合いを始めた。

「ぐっ」

騎兵の槍が、亜門の腹に刺さる。槍はすぐに抜けたが傷は深い。

「亜門！」

嬴政が気遣うが、亜門は傷など負っていないかのように剣を振るい続ける。

「すまない！」

一言だけ謝罪した嬴政に、亜門が苦しそうに告げる。

「いい。頭領の紫夏が決めたことだ、文句はねえ」

荒く息をしつつ、亜門が続ける。

「ただお前は、ちゃんと秦に帰れ。秦に帰って、ちゃんとした王になれ！」

傷のせいで亜門の動きは鈍《にぶ》い。

それを好機と見たか、騎兵が馬から強引に馬車へと飛び乗ってきた。

騎兵が狙っているのは明らかに嬴政だ。

「！」

気付いた亜門が、騎兵の攻撃よりも一瞬早く、嬴政を庇《かば》って騎兵の前に出る。

正面の騎兵の剣が、亜門の腹に深々と突き刺さる。明らかに致命傷だ。

「亜門ッ！」

馬を操りながらも状況を窺っていた紫夏が、亜門の名を呼んだ。

「うおおおおおッ!!」

剣に身体を貫《つらぬ》かれたまま騎兵に組み付いた。

紫夏を見つめた亜門は最後の力を振り絞り、組み付いた騎兵ごと馬車から外に身を投げる。

「亜門ッ」

紫夏は悲痛の叫びをあげた。

「……政様！　手綱を！」

紫夏に呼ばれ、嬴政は馬車の前に急いだ。

「どうした、紫夏！」

「もう持てません、早く！」

手綱を握る紫夏の手は、血まみれだった。最初に受けた矢傷からの出血のせいだ。

嬴政はすぐさま紫夏から手綱を預かった。

「急いでください！　また追手が！」

「わかった！」

嬴政は紫夏に替わって馬を操り、急がせる。

紫夏は立ち上がると、落ちていた弓を拾い上げ、荷台の後ろに向かう。

倒れたままだった盾を紫夏は立て直し、その陰で弓を構えた。

馬を操れないほどの怪我を負った身体で、それでも紫夏は戦うつもりらしい。

「紫夏!?」

嬴政の呼び声に答えず、紫夏が荷台の後ろ側に立った。

紫夏は飛んでくる矢に怯《ひる》むことなく、次々と矢を放つ。

馬車に追いすがる騎馬隊の中で、紫夏の矢を受けた騎兵が落馬した。

追手の騎馬は多少数を減らしたとはいえ、まだ多い。

紫夏一人で抗しきれるはずもなく、横手から放たれた敵の矢が紫夏の腕を貫いた。

紫夏がよろめき、倒れ込む。

その様子を見ていた嬴政が叫ぶ。

「紫夏!!」

「振り返るな！　手綱に集中しないと車が横転します！」

嬴政を一喝《いっかつ》し、紫夏が刺さった矢をもう片方の手で握った。

「くあっ……」

強引に紫夏は矢を引き抜き、再び弓を構えて立ち上がる。

「まだ、まだだ」

血まみれの手で、紫夏が再び矢を放つ。

紫夏が倒れていたわずかな間に、馬車に近づく騎馬の数が増えていた。

再び馬車に乗り移ることを狙っているのか、騎兵が馬を馬車に寄せる。

「っ！」

紫夏は弓を捨てて剣を取り、乗り込もうとする騎兵を懸命に牽制《けんせい》した。

必死に剣を振るう紫夏の胸に、ついに矢が突き刺さる。ふらつき紫夏が倒れ込む。

嬴政は大声を上げる。

「紫夏!?」

「見るな！」

倒れたまま顔のみを上げ、紫夏が吠えた。

乗り込もうとする騎兵をめがけ、倒れた姿勢で剣を突き上げる。

紫夏の剣が、騎兵の腹に突き立つ。深い傷を負った騎兵は落馬し、消えていった。

立ち上がった紫夏は、我が子を守る母のようだった。

馬車を取り囲んだ騎兵の一人が、大声で命じる。

「なにをしている！　殺せえ！」

血を流しすぎたためか青白くなった顔で眼だけを輝かせ、紫夏が敵を睨みつける。

「殺させない……殺させない！」

先ほど命じた騎兵が、さらに命じる。

「女はいい、嬴政を殺せ！」

騎兵たちが狙いを嬴政のみに定め、槍や剣を構えた。

「殺させないッ！」

紫夏が、必死の形相《ぎょうそう》で抵抗する。

その努力が、ついに報《むく》われる時が来た。

真正面、全速力で近づく騎馬の群れがある。

道の先は、秦の領土だ。そちらから趙の騎馬隊が来る可能性はない。

すなわち嬴政の迎え、秦の部隊である。

見る間に近づく騎馬隊に、嬴政が声を弾《はず》ませる。

「紫夏！　秦の騎馬隊だ！」

秦の騎馬隊に、趙の騎兵たちも気付いたらしい。騎兵の一人が焦った声を上げる。

「仕留めろ！」

今しかないと、騎兵たちが手に持った槍を一斉に構え、次々と投擲《とうてき》する。

秦の騎馬隊の先頭、率いているのは嬴政がまだ名を知らぬ武将、昌文君《しょうぶんくん》だった。

昌文君が確かめるように嬴政の名を叫ぶ。

「嬴政様!!」

「紫夏！　間に合ったぞ！」

待ちに待った味方の出現に、嬴政は顔をほころばせて紫夏へと振り返る。

嬴政を庇うように立った紫夏の身体を、放たれた矢が、投げつけられた槍が、貫いていた。

「紫夏！」

紫夏がゆっくりと倒れた。二度と立てるとは思えないように、力なく伏せる。

同時に、秦の騎馬隊が馬車を囲む趙の騎兵たちへと斬りかかる。

守るべき嬴政を目の前にした秦兵たちは、誰もが士気が高い。

一方、作戦の失敗を悟った趙兵たちは次々と騎馬を反転させ、逃げ出した。

嬴政は馬車を止め、すぐさま紫夏を抱き起こす。

紫夏の顔は、敵のものとも紫夏自身のものともわからぬ血に塗《まみ》れていた。

嬴政は紫夏の胸に刺さった矢を抜いたが、腹を貫いた槍は、もはやどうしようもなかった。

「紫夏!!　紫夏ッ!!」

光の消えかけた目で、紫夏が嬴政を見る。

「……お怪我は……」

「大丈夫だ。お前たちのおかげで、俺は、秦へ帰れる」

嬴政の言葉に、紫夏の表情が緩んだ。かすかにだが、紫夏が笑む。

趙兵を退《しりぞ》けた昌文君が率いる秦の騎馬隊が、荷馬車を守るように集まった。

昌文君が無言で、嬴政と紫夏を見守っている。

紫夏を抱きかかえたまま、嬴政が告げる。

「お前たちのおかげで、俺は、王になれる」

紫夏の顔に、安堵《あんど》の色が浮かんだ。

こうしている間にも、紫夏の息は細くなっていく。

「……政様」

「なんだ、紫夏」

嬴政は、か細くなる紫夏の声に、真剣に耳を傾ける。

「あなたは生まれの不運により、およそ王族が歩まぬ道を歩まされた……あなたほど、つらい経験をして王になる者は、他に、おりません」

紫夏が消え入りそうな声で、しかしはっきりと告げる。

「だから、きっと。あなたは誰よりも、偉大な王になれます」

「……ああ……必ずなる。約束だ」

嬴政は大きく頷いた。その双眸《そうぼう》からは涙が溢れている。

紫夏が涙に濡れた嬴政の頬に、そっと手で触れた。

その手を嬴政が握り返す。嬴政の手が、紫夏の流した血に塗れた。

「政様……ああ、よかった。つきものは落ちましたな。瞳が、とても美しい……――」

紫夏が絞り出すように言った。

嬴政の腕の中で、紫夏の全身から力が抜けていく。

そのまま、静かに紫夏は息を引き取った。

「し、紫夏！　紫夏ッ!!」

嬴政の呼びかけに、もう二度と紫夏が応《こた》えることはない。

「紫夏ああああッ!!」

嬴政の慟哭《どうこく》が、空へと消えていった。

この日、この時。嬴政は、必ず秦の王になると決意したのだった。

×　　×　　×

嬴政は語り終えた。

王騎は柔和な表情を決して崩さず、微動だにせずに聞いていた。

柱の陰で話を聞いていた信も感じるところがあるらしく、神妙な顔をしている。

ややあって、嬴政が口を開き直す。

「……それが、最初の約束だ。紫夏だけではない、俺のために死んでいった他の者たちのためにも、俺は、戦乱の世を終わらせる王にならねばならぬ」

死んでいった者たち。趙から嬴政を逃がした、紫夏、亜門、道剣だけではない。

王弟成蟜《せいきょう》の反乱で、嬴政のために死んでいった全ての兵。

そして嬴政の身代わりになって命を散らした漂《ひょう》も、その一人だ。

戦乱の世を終わらせる王になる。

中華を統一する最初の王になると、山の民の長《おさ》、楊端和《ようたんわ》にも誓ったことだ。

嬴政が語らずとも、それらは王騎も承知のことである。

無言の王騎に、嬴政が改めて告げる。

「これが。俺が、修羅の道を往《ゆ》く理由だ」

表情をまったく変えない王騎がどんな感情を抱いているのか、それは見る者にはわからない。

だが王騎は遠慮などしない男だ。

嬴政の話に不審な点があれば、必ず指摘する。

指摘しないということはすなわち、王騎は納得したということだ。

王騎が正面を見据えたまま、口を開く。

「あなた様の覚悟の深さ、理解しました——童信《わらべしん》」

信が隠れていたことなど王騎は最初からわかっていたのだろう。

信が柱の陰から姿を見せた。

信と嬴政の視線が交わる。

交わす言葉はない。今は言葉など必要なかった。

中華を統一する唯一王になるという、嬴政の決意。

その嬴政の剣、大将軍になるという信の夢。

今さら互いに語ることなど不要なのである。

王騎が振り向かず、背後に立つ信に命じる。

「童信。皆さんをお呼びしてください。任命式を始めます」

「ああ」

信が即座にその命《めい》に従い、身を翻《ひるがえ》して大王の間を出ていった。

大王の間に、今度こそ嬴政と王騎のみが残り、静寂が満ちた。

「……実は、私からも」

先に口を開いたのは、王騎だった。

「あなたに、お伝えしておかねばならないことがあります」

「なんだ？」

と嬴政が問う。やはり表情一つ変えず、王騎が告げる。

「昭王より承《うけたまわ》っていた、あなたへの伝言です」

昭王。嬴政の曾祖父だ。

会ったことすらない曾祖父からの、伝言。

嬴政の顔に、疑問の色が浮かぶ。

「昭王からの……？」

王騎が語った昭王の言葉は、嬴政の胸に深く刻み込まれることとなる。


伝令役を務めた信により、呂不韋《りょふい》派、大王派の主立《おもだ》った人間が、大王の間に再び集結した。

全員の視線が集まっているのは、嬴政の前に跪き、礼の姿勢を取っている王騎だ。

厳粛な雰囲気の中、嬴政の声が響く。

「侵攻してきた趙軍によってすでに関水《かんすい》は陥落し、城内外の人間は虐殺され、一帯は壊滅した。

そして今、守備前線の要《かなめ》、馬陽《ばよう》が攻撃を受けている」

呂不韋は口を挟むことなく、嬴政からもっとも近い文官の列の先頭に立っている。

その隣、昌平君《しょうへいくん》も無言で嬴政の次の言葉を待つ。下がった位置にいる昌文君も同様だ。

「馬陽を抜かれれば、惨劇は本土すべてに広がるであろう」

嬴政が言葉を句切り、壇上の玉座から改めて臣下たちを見渡した。

「これは、秦国存亡の危機と心得よ！」

臣下たちの表情が引き締まる。嬴政が、視線を王騎に定めた。

「王騎将軍。そなたを秦軍の総大将に任命する。馬陽を助け、我が国を踏みしだかんとする趙軍を殲滅《せんめつ》せよ！」

「ハッ!!」

王騎が姿勢を正して右拳を左掌で包み、礼をした。

「この王騎、しかと承りました」

王騎に続き、臣下全員が胸の前で拳と掌を会わせる。

末席に立つ信も、嬴政に向けて礼をした。

やってやるぜ。その意志が信の顔にははっきりと浮かんでいる。

第三章

結成、飛信隊

関水《かんすい》から侵攻してきた趙《ちょう》軍との激突の地は、馬陽《ばよう》になる。

秦国《しんこく》各地から召集された農民兵たちは、それぞれの道中に設けられた駐屯地《ちゅうとんち》にいったん集合し、そこから馬陽に向かうことになっている。

この駐屯地に集まっている召集兵は、数千人。かなりの数である。

ほとんどの兵が、装備がばらばらで武器も粗末な農民兵だ。

甲冑《かっちゅう》姿の正規兵は、農民兵をまとめるために必要な、最低限の人数しかいない。

城戸村《じょうとむら》から出発した尾平《びへい》と尾到《びとう》の尾兄弟も、この駐屯地に入っていた。

正規兵が、農民兵の集団に向けて大声で命じる。

「伍《ご》を作る！　伍長、集まれ！」

伍。戦闘集団の最小単位で、一人の伍長と四人の歩兵で構成する。

命運を共にする五人で可能な限り一緒に行動し、基本的な戦術は、五人で敵一人を囲む各個撃破だ。

伍を二十組集めて百人隊ができ、百人隊を十隊揃《そろ》えて千人隊となる。

蛇甘《だかん》平原の戦《いくさ》での手柄で、雑兵《ぞうひょう》だった信《しん》が異例の抜擢《ばってき》をされた百人将は、百人隊を率いる最下級の将だ。

蛇甘平原で信と共に戦った尾平たちは当然、信の百人隊に加わるつもりでいる。

その信の姿が、まだ駐屯地のどこにもなかった。

尾平が露骨に慌て始める。

「やべぇ！　伍作りが始まっちまったぞっ、信がまだ来てねぇのにっ」

蛇甘平原の戦いで、尾平、尾到、信、羌瘣《きょうかい》をまとめた伍長、澤圭《たくけい》も尾兄弟といた。

「ここで、百人隊まで完成してしまいますよ」

澤圭は冷静な口調だが、顔には少し焦《あせ》りの色がある。

尾平の弟、尾到がきょろきょろと信の姿を探す。

「信っ、お前が俺たちの百人将じゃねぇのかよっ」

そこに騎馬が一頭、現れた。

馬に乗っているのは信だ。信を追って槍を持った淵《えん》もやってくる。

馬上から、信が尾平たちに威勢よく呼びかける。

「おお！　みんな、揃ってるな！」

「「信！」」

尾平、尾到、澤圭の声が揃った。皆、やっと来たかという顔だ。

信は挨拶《あいさつ》もそこそこに、近くにいた歩兵に声をかける。

「沛浪《はいろう》。荒くれ者でもいい、とにかく強そうな伍を集めてくれ」

声をかけられた兵の名は、沛浪。白髪交じりの頭に経験を感じさせる顔つきで、体格もよく筋肉質だ。蛇甘平原の戦いで信と共に戦った、歴戦の歩兵である。

「おお、わかった」

沛浪がすぐに行動を始め、目ざとく屈強そうな兵たちに声をかけ始める。

しばし後《のち》、百人の歩兵が集まった。

全員が農民兵で、正規兵は一人もいない。

そして揃いも揃って、誰もが癖《くせ》のありそうな顔をしている。

馬を降りた信が、手近な岩の上に登った。信のすぐ下に渕が控える。

信が、百人の兵を嬉しそうに見渡した。

「お！　面白そうな奴らが集まったなっ」

信の言葉に、ほとんどの兵が無反応だ。

それどころか、これから命を預けることになる隊長の信を、馬鹿にしたような目で見ている者が多い。

反抗的な兵の視線に構うことなく、信が言う。

「荒くれの伍、二十組。お前たち百人が、俺の記念すべき最初の百人隊だ！」

胸を張って宣言した信を、特に嘲《あざけ》りの目で見ている兄弟がいる。

兄、有義《ゆうぎ》。弟、有カクの有兄弟だ。育ちがいいとは言えない農民兵たちの中でも、二人揃って特に柄が悪そうだ。

は、と有義が馬鹿にするように短く笑い、吐き捨てる。

「あんなガキが、うちらの百人将かよ」

「兄ちゃんの方が、絶対に強いな」

と有カク。有兄弟の他にもなにか言いたそうな顔をした農民兵ばかりだ。

一切構わず、信が話を進める。

「俺たちの隊は！　どの大隊にも所属しないで、王騎《おうき》将軍直属の特殊百人部隊となることが決まった！」

「王騎将軍直属、だとおっ？」

沛浪が真っ先に驚きの声を上げた。

信を見る農民兵たちの多くの顔が、侮《あなど》りから驚愕《きょうがく》へと変わる。

兵たちの反応を気にすることなく、信が話を続ける。

「かと言って。特殊部隊ってのがなんなのか、なにをする部隊なのかは、俺もわかんねえ」

信の言葉に誰もが興味を惹《ひ》かれたように、黙して続きを待っている。

「だが、これだけは言える」

信が語気を強めて、主張する。

「将軍がこの隊を色分けしたってことは、他よりも重要な戦地に当ててるってことだ。ひょっとしたら、とんでもねぇところに突撃させられるかもしれねえ」

いっそう強い口調で、信が全員に語る。

「だがそのぶん、挙げる武功は間違いなく馬鹿でけえ！」

信を見る多くの農民兵たちの目に、憧《あこが》れの色さえ浮かぶ。

先ほどまで馬鹿にしていたとは思えない表情だ。

変わらずふてくされたようにしているのは有兄弟のみである。

「この部隊の大半が、蛇甘平原を生き残った猛者《もさ》どもだ！　俺たちが力を合わせれば、どんな敵にも立ち向かえる！」

信が拳を掲《かか》げ、兵たちを鼓舞する。

「明日、俺たちは、いよいよ馬陽に辿《たど》り着く！　いいか、てめえらっ!!　のこのこと攻めてきやがった趙軍を叩き潰《つぶ》し、でっけえ武功を摑み取るぞッ!!」

どおっと農民兵たちが沸いた。

農民兵たちは、やってやるという意気を全身に漲《みなぎ》らせ、有り余る戦意を声にするかのように、雄叫《おたけ》びを上げる。

「おおおおおおおおおおッ!!」

そんな騒ぎをよそに、信とは旧知の仲である尾到が、感心したように信を見る。

「すげぇ。あいつ、本当に信か？」

かつては信を馬鹿にしていた尾平も、感慨深そうだ。

「信の奴……」

「あのガキ。この半年の間になにかあったな……」

沛浪は自身の経験から、信の成長を感じたようだ。

信の評価を改める兵が多い中、有兄弟は押し黙っていた。とにかく信が気に食わないらしい。

足場にしていた岩から信は飛び下りると、渕を紹介する。

「それと。この部隊には二人の副長を置くことを許してもらった。副長の渕さんだ」

「よろしく」

渕が拳と掌《てのひら》を合わせ、全員に礼をする。

「もう一人、副長がいんのかよ？」

訝《いぶか》しげに有カクが呟《つぶや》いた。信が百人隊を見回す。

「……まだ、ここにいねえみたいだけどな？」

その時だった。農民兵たちの後方から一人、小柄な影が歩み出た。

信の顔に、笑みが浮かぶ。

「……やっぱり来たか」

農民兵とは違う、白を基調とした衣装。奇妙な柄のある鉢巻《はちま》き。

背負っている剣の名は、緑穂《りょくすい》という。

蛇甘平原にて信と共に死地を駆け抜けた、手練《てだ》れの少女。

羌瘣である。

「……」

無言の羌瘣。少し照れたように笑う信。

「へへ」

羌瘣と同じ伍で戦った尾兄弟、澤圭も喜びを隠せない。

「よっしゃ、よっしゃ！　頼もしい仲間が来たぞ！」と尾平。

「待っていましたよ」と澤圭。

「おかえり、羌瘣」と尾到。

皆の言葉に一瞬、羌瘣の口元がほころぶ。

浮かべた笑みを見られたくないのか、羌瘣が首に緩《ゆる》く巻いている襟巻《えりま》きを引き上げ、口元を隠した。

「そういうこった」

信が拳を突き上げ、宣言する。

「よっしゃ！　これで俺の百人隊、完成だッ!!」

呼応し、信の率いる農民兵たちが吠える。

「おおおおおおおおおおッ!!」

今はまだ名もなき信の百人隊が、誕生した瞬間だった。

明日からの行軍開始に備え、駐屯地では兵たちが身を休め、眠りについている。

夜も更《ふ》けた荒野に、金属音が繰り返し響く。

剣と剣が交わる音だ。

駐屯地の外れ、崖のそば。少ない篝火《かがりび》の明かりの中、二つの影が戦っている。

一人は信。もう一人は羌瘣。

実剣を使った戦闘訓練である。

剣を激しく振るい、攻めているのは信だ。

羌瘣はあらゆる角度から飛んでくる信の斬撃を、余裕の表情であしらっている。

「ッ!!」

信の渾身《こんしん》の一撃を、羌瘣の剣があっさりと弾《はじ》く。

あらぬ方向に弾かれた剣の勢いで、信が体勢を崩す。

くるりと羌瘣が身を翻《ひるがえ》して信の背後に滑り込むと、剣の柄《つか》で信の尻を叩いた。

「!?」

羌瘣にからかわれていると感じたか、信がいっそう激しく剣を振るう。

その全てを羌瘣は簡単に弾き、信の動きの隙《すき》を狙って反撃とばかりに信の喉元《のどもと》へと突きを繰り出した。

信がのけぞって切っ先をかわす。

にやりとした信だが、大きく背を反《そ》らしたせいで後ろにふらつき、崖から落ちそうになった。

焦《あせ》る信、ほくそ笑む羌瘣。

信が崖から落ちそうになることを予測していたかのような羌瘣の表情に、信が笑う。

「てんめぇッ！」

体勢をどうにか立て直した信の首筋に、ぴたりと羌瘣の剣の刃が添えられる。

実戦ならば信は死んでいるが、信と羌瘣は殺し合いをしているわけではない。

ひとまずの決着がついたところで、信と羌瘣は互いに離れた。

そして改めて、信が羌瘣に斬りかかる。

「るあッ！」

これまでにも増して、鋭い一撃だ。それでも羌瘣には届かない。

剣が身体をすり抜けて見えるほどに羌瘣が素早く剣をかわし、信の胸めがけて蹴りを放つ。

「うあっ!?」

信が大きく蹴り飛ばされ、背中から地に転がった。

だが倒れていたのは一瞬で、バッと跳ねるように信が起き上がる。

羌瘣は片手に剣を提《さ》げ、無造作に立っていた。

「体は前より動くみたいだな」

「だな！」

信が得意げな顔で、剣を持たない左手を前に突き出した。

ひらひらと信が揺らしているのは、羌瘣の鉢巻きだ。

蹴られる一瞬で、信が羌瘣から鉢巻きを奪ったのである。それも羌瘣に気付かれることなく。

「──!?」

自《みずか》らの額《ひたい》を確かめた羌瘣の顔色が変わる。

「へへ」

悪戯《いたずら》っぽく信が笑う。すぐに鉢巻きを返す気はなさそうだ。

取れるものなら取ってみろ、という顔の信に、今度は羌瘣から斬りかかる。

「返せ」

二度三度と剣を交えたが、信は巧《たく》みに鉢巻きを羌瘣に奪わせず距離を取った。

「あの必殺技、見せてくれよ」

と信。きょとんとした顔で羌瘣が立ち止まる。

「前に敵に囲まれた時にやった、あの妙な技だよ、俺も覚えてえ、トーンタタンって」

信は言いつつ、剣を胸の前で垂直に立てて構え、軽く片足で跳ねてみせた。

羌瘣が一族に伝わる呼吸を使う時の真似をしているようだが。まったく様になっていない。

「やっぱり大馬鹿だな、お前」

羌瘣が呆れ顔になる。今度は信が、きょとんとした。

やれやれという感じで、羌瘣が説明する。

「太古の世。巫女《みこ》が剣を手に舞い踊り、荒ぶる神を鎮《しず》めた。いつしか蚩尤《しゆう》は、それを殺人の術に変化させた」

ふむふむと信が話に聞き入る。羌瘣は続ける。

「神を堕《お》とし、術者の意識は陶酔の中、舞いながら敵を惨殺する。それが蚩尤の奥義『巫舞《みぶ》』だ」

「神を堕とすって……神ってなんだよ、神って」

信が、納得がいかないという表情になる。

「さあ?」

神についての疑問で信の集中力が下がった瞬間に、羌瘣が動いた。

振るわれる羌瘣の剣に、信の反応が遅れる。

信は剣を避けるのに必死になりすぎ、あっけなく羌瘣に背後を取られた。

羌瘣が、鉢巻きを持った信の腕を後ろに捩《ね》じ上げる。

「痛《いて》てて っ」

信の手から鉢巻きを取り返した羌瘣が、そのまま体術だけで信を投げ飛ばす。

またも地面に転ばされた信が、立ち上がりながら不満そうに言う。

「だいたい。お前らだけずるくねえか、神さんなんて味方にして」

「我々蚩尤だけではない。武の達人の中には、似たようなことをやっている者もいる、無意識のうちにな」

訓練は終わりだと、羌瘣が背の鞘《さや》に剣を納めた。信も剣を納める。

だが、と挟んで羌瘣が続ける。

「もっと恐ろしいのが、元々、神を体に宿す者だ」

「……体に宿す？」

訊《き》き返した信に、羌瘣が小さく頷《うなず》く。

「そうだ。それを我々は、武神と呼ぶ」

「……武神」

信たちは、自ら武神と名乗る者と、いずれ命のやり取りをすることになる。

だが。今の信にも羌瘣にも、それを知る由《よし》はなかった。

×　　×　　×

深夜の咸陽宮《かんようきゅう》。油皿の火がところどころに灯《とも》る暗い廊下を行くのは、王騎と昌文君《しょうぶんくん》である。

前を行く王騎の背に、昌文君が訊ねる。

「……どうして急に戦う気になった、王騎？」

「……大王の過去の話を聞きました。私もまた、過去と向き合わねばなりません」

足を止めずに王騎が返した。

王騎が、向き合うべき過去。

それが昌文君にはわからないらしい。

「どういうことだ？」

昌文君が質問を重ねた。王騎が足を止め、振り返らずに告げる。

「馬陽ですよ」

馬陽は、侵攻してきた趙軍から守らねばならない地だ。

そして、王騎にとっては因縁《いんねん》の地である。それを昌文君も思い出したようだ。

「――そうか、そうだったな」

「……」

無言の王騎。独り言のように昌文君が呟く。

「馬陽はかつて、おぬしと摎《きょう》、儂《わし》が趙より奪った城。そして……」

昌文君が一度、口を閉ざした。言葉にするだけでもつらいことを確かめるように語る。

「――摎が斃《たお》れた、あの地だけは。渡せぬということか」

摎。王騎と同じく秦の六大将軍だった武将だ。

凄《すさ》まじい武を誇った摎は、王騎と並び立って幾つもの戦場を駆け、勝利し続けた。

そして摎は馬陽で、ある男に討たれた。

「……」

王騎はなにも言わない。振り向くことなく、ただ立っている。

昌文君が身震いした。

「しかし。なんだったのだ、摎を討ったあの男は。まるで、武の化身《けしん》のような……」

「龐煖《ほうけん》……」

ぼそりと王騎が呟いた。龐煖。それが摎を討った男の名だ。

およそ人とは思えない、常軌《じょうき》を逸《いっ》した怪物だった。

昌文君が小さく首を左右に振る。

「いや、よそう。奴も、もう死んだ。あの忌《い》まわしい事件のことは、もう……」

「……」

王騎は無言のまま、暗い廊下の先を見据えて歩きだした。

昌文君と王騎の会話を聞く者は、誰もいなかった。

×　×　×

信たちが加わった農民兵を主とする歩兵隊は早朝に駐屯地を発《た》ち、馬陽に向かった。

大きめの石が転がる歩きづらい街道を、兵たちはぞろぞろと歩いている。

街道の中央を農民兵が集団で歩き、その左右を数の少ない正規兵が一列になって進む。

正規兵は農民兵の見張りだ。正規兵が時折、大声を出す。

「農民兵、遅れを取るな！」

叱咤《しった》されても、多くの農民兵の足取りは重い。

表情も冴《さ》えなく戦意が感じられない農民兵が、かなり目につく。

よいとは言えない状況だ。

このまま戦地に着いても、軍として力を発揮できそうもない。

自らの隊と共に歩いている信が、尾到から聞かされた話に声を上げる。

「脱走!?」

驚く信に、訳知り顔で尾到が言う。

「ああ、うちの隊はいないけどな。他のところでは、かなりの脱走者が出ているらしい」

近くを歩く澤圭は、仕方がないという表情だ。

「緊急徴兵でしたからね。初陣《ういじん》も多いし、みんな心の準備が」

沛浪が苦々しげに、眉間《みけん》に皺《しわ》を寄せる。

「趙軍はやべえって話も出てる。噂では馬陽はもう陥落していて、秦軍の到着を籠城《ろうじょう》して待ち構えているって。戦場に近づくにつれ、逃げる奴は増えるだろうな」

信と付き合いの浅い有兄弟が、周りを馬鹿にしたような態度を取る。

「どいつもこいつもビビりやがって、うちの百人隊は、大丈夫なんだろうな」

と兄の有義。弟の有カクが重ねて大声で吐き捨てる。

「頼りねえなあ！」

尾到の兄、信と同じ城戸村出身の尾平が、有兄弟に突っかかる。

「なんだと!?」

負けじと有義が言い返す。

「ガキの隊長と副長なんて、聞いたことないぜ」

睨《にら》み合う有義と尾平の間に、澤圭が割って入った。

「まあまあ、そう熱くならないで」

有兄弟とその伍の仲間が、不愉快そうな態度を隠さずに、信たちから離れていった。

去る有兄弟を横目に尾平がこぼす。

「なんだ、あいつら」

尾平よりも戦場での経験がはるかに豊富な沛浪が、尾平をなだめる。

「気にするな。あいつらは気難しいが、腕は確かだ」

沛浪は有兄弟と顔見知りのようだ。沛浪がそう言うなら、と尾平が納得する。

だが沛浪は、浮かない顔になる。

「問題は、こんな状況でちゃんと戦になるかってところだな」

こんな状況という言葉が気になったのか、信が歩きながら周囲を確認した。

暗い表情が多く目につく。明らかに兵たちの士気は高くない。

信の副官、渕が困惑《こんわく》を顔に出す。

「まずいですね。信殿、これではとても戦争など無理だ」

「くっそ」

なにか手はないかというように、信が歯噛みした時だ。

不意に羌瘣が、足を止めて振り返った。

「騎馬隊だ」

信もすぐさま立ち止まり、羌瘣にならって振り向いた。

尾兄弟、澤圭、渕、さらに他の伍の兵たちも次々と止まり、来た道へと向き直る。

大規模で勇壮な騎馬隊が、農民兵の行軍の後方から追いついてきたのだ。

騎兵が掲げる旗の文字は、秦と王。王騎軍の騎馬隊である。

副官の騰《とう》と共に先頭に立ち、騎馬隊を率いているのは、当然、あの大将軍。

憧れを込めて、信がその名を口にする。

「王騎将軍……！」

騎馬の群れが立てる地鳴りに似た音と共に、騎馬隊が駆けてくる。
歩兵隊は自然と街道の両脇に分かれ、騎馬隊の進路を開けた。
農民兵に見せつけるように、騎馬隊が歩兵隊の列の間で停止した。
先頭の王騎が、すっと片手を挙げる。
「全軍」
王騎のその声は、決して大きくはなかった。
だが、騎馬隊、歩兵隊、誰の耳にも届く不思議な響きがあった。
全員が息を呑み、続く王騎の言葉を待つ。
王騎が掲げた手を前へと向け、告げる。
「前進」
その一言で、全兵士から雄叫びが上がった。
「おおおおおおおおおおッ!!」
まるで暴風と雷鳴が荒れ狂うような大喚声《だいかんせい》だ。
声を上げる兵士の中に、辛気臭《しんきくさ》い表情をした者など誰もいない。
今すぐにでも、全軍で突撃をかけられそうな勢いだ。
これ以上ないほどに、士気が上がっている。
信が、ぶるっと身震いした。

「やっぱ、すげえなあ……これが天下の大将軍!!」

王騎が何事もなかったかのように、無言で馬を進める。

騎馬隊が続き、さらに歩兵隊が続く。

趙軍との激突の地、馬陽に向けて、王騎軍が本格的に進軍を開始した。

×　×　×

関水城を落とした趙軍は、続いて馬陽城の攻略を開始した。

城壁が見える場所に、趙軍は整然と陣を布《し》き、待機している。

馬陽城攻略の趙軍を率いているのは、馮忌《ふうき》、万極《まんごく》、二人の将だ。

二人の将のもとに、伝令の兵が報告に現れた。

「秦国軍です！」

「来たか」

と、馬上の万極が目を向けた先。

荒野の地平線に、秦の旗と騎馬の群れが見える。

秦軍は、かなりの大軍のようだ。正面から当たれば、すぐ本格的な戦になるだろう。

馮忌が側近の将に命じる。

「横陣《おうじん》にて防衛しろ！」

「は！」

命を受けた将がさらに伝令の兵を走らせ、趙軍全体に指令を届ける。

横陣を形成するべく、趙軍の兵士たちが動き始めた時だった。

秦軍が、奇妙な動きを見せた。

×　×　×

王騎軍騎馬隊先導の将が、まず馬を止めた。

「全軍、停止！」

先頭集団にいる王騎と騰が、平然とした顔で馬を止める。

先導の将の独断ではなく、あらかじめ王騎が指示しておいた行動のようだ。

騎馬隊、歩兵隊の全軍が行軍をやめる。

「ん？」

信が、趙軍の動きに気付く。

「敵は陣形を変えてるぞ？」

秦軍の突撃を想定し、迎撃と同時に囲い込むよう趙軍が左右に広がりつつある。

停止を命じた将が、新たな命令を発する。

「右方、前進！」

騎馬隊、歩兵隊の順に、進路を右に変えて行軍を再開した。

信の顔に戸惑《とまど》いの色が浮かぶ。

「なんだよ、これじゃ馬陽から離れちまうじゃねえか⁉」

敵軍を前にしての転進。敵軍に軍勢の横腹を晒す危険な行為だ。

真横から趙軍に突撃をかけられたら、甚大《じんだい》な被害が出かねない。

騎兵、歩兵にも戸惑っている者が多いが、総大将の王騎は余裕の笑みをこぼしていた。

「んっふっふっふっ」

×　×　×

一方、馬陽城前の趙軍。馮忌と万極が冷静に、秦軍の動きを観察している。

「横進か」と馮忌。

「城を捨てたか」と万極。

少なくとも王騎軍は、馬陽城救援のために、ただちに開戦する意志はないようだ。

「我らを誘っているのであろう」

そう声が聞こえてきたほうへと、馬上の馮忌と万極が顔だけを向ける。

騎馬にまたがった将が、そこにいた。

造りのよい甲冑と武器、立派な馬。馮忌、万極と同格だと一目でわかる男だ。

現れた男の名を馮忌が口にする。

「趙荘《ちょうそう》」

趙軍有数の軍師、趙荘が、馬上で軽く礼をした。

「先陣ご苦労でした、馮忌、万極」

趙荘が馬を馮忌たちに寄せ、告げる。

「中華最強の趙の騎馬隊を恐れ、この平原での戦いを避けたのだろう。南に乾原《かんげん》という騎馬の機動力を封じる荒れ地がある」

ほとんど考えることなく、馮忌が返す。

「このまま誘いに乗らず、目を馬陽に向ければ、王騎が背後を獲《と》ることになる」

趙軍が、このまま馬陽城攻略をした場合。

引き返してきた秦軍に、後ろから一方的に攻撃される可能性があるということだ。

王騎の行動は、馮忌の予想の範囲だったらしい。分析は適切だった。

その考えは趙荘も同じだったようだ。趙荘が余裕の笑みを浮かべる。

「それは得策ではないな、王騎の誘いに乗るしかなかろう。最初から奴が乾原を戦場に選ぶことは、読んでいたからな」

普通の兵たちにとっては、秦軍の転進は奇抜な作戦に見えただろうが、軍を率いる趙の将たちにとっては、王騎軍の行動は決して想定外ではなかった。

王騎の誘いに乗って戦場を乾原に移しても、趙軍の優位は揺るがない。

馬陽城攻略の前に、王騎率いる秦軍を殲滅《せんめつ》すれば済むだけのことだ。

三人の将は、そう信じて疑っていかなった。

×　　×　　×

馬陽から少し離れた荒野、乾原。

戦の場としては申し分のない広さだが藪《やぶ》が点在し、岩山も目立つ。

地面も石が多く、騎馬の機動性を生かすには不適切な地形だ。

乾原近くの高台を登る人影が、二つある。

蒙毅《もうき》と、河了貂《かりょうてん》。軍師昌平君《しょうへいくん》の弟子の二人だ。

高台の開けた場所で、蒙毅が足を止める。

「昌平君先生が予想した地点は、この辺りだろう」

河了貂はいつもの梟《ふくろう》の格好で、なにやら荷物を抱《かか》えていた。

河了貂は黙って蒙毅の話を聞いている。

「昌平君先生は、いつもおっしゃっている。本当の戦場を見、知ることが一番の勉強になる。だから僕は、いつもこっそり一人でやってきて、戦場を見る」

高台からは、戦場が一望できた。

河了貂たちから見て、手前側の陣が秦軍。

荒れ地を挟んで向こう側に、趙軍の陣がある。

十万対八万の軍勢が対峙《たいじ》する壮観な光景に、河了貂は言葉もない。

無言の河了貂に、蒙毅がどこか得意げに告げる。

「貂、君も見るべきだ。本物の戦争をね」

×　　×　　×

秦軍中央、本陣。王騎と騰、配下の将たちは馬から降りずに集まっている。

馬上で武器も持たず、王騎は腕組みをしていた。

「追ってきましたね、趙軍は」

「は、やる気満々であります」

と騰。王騎がすぐさま返す。

「満の満ですか」

「満の満であります」

騰も即座に言葉を返した。さらに王騎が訊ねる。

「満の満々ですか」

「満の満々であります」

負けじと騰。王騎が「満の……」と言いかけたところで、将の一人が王騎の言葉に被《かぶ》せて言った。

「殿、それでは我々も配置につきます」

将の名は干央《かんおう》。王騎軍の一翼を担《にな》う武将で、王騎の信頼も厚い臣下の一人である。

「ご武運を」

王騎が、ゆったりとした口調で干央に告げた。

干央をはじめとする複数の将が、揃って王騎に礼をする。

「はッ！」

将たちが王騎のもとを離れ、それぞれの持ち場に向かう。

開戦に向け、王騎軍が行動を開始した。

×　　×　　×

信の特殊百人隊は、陣形の中ごろに配置された。

「くそっ、前線じゃねぇのかよ」

信が落ち着きなく身体を動かす。

隊の戦闘参加が先送りになりそうで、信は高まった志気を持て余しているようだった。

隊員たちは近づく開戦に緊張を隠せず、硬い表情をしている者が多い。

副隊長の渕、尾兄弟、澤圭、沛浪、有兄弟ら戦の経験がある者たちも、戦いを前にした時特有の緊迫感を身体に纏っている。平然としているのは羌瘣のみだ。

間もなく、本格的な戦闘が始まる。

×　　×　　×

乾原を見渡す高台の上。河了貂と蒙毅の前に、折りたたみ式の軍議用の机がある。

小柄な河了貂が苦労して運んできたものだ。

その机の上に広げられているのは、戦況図だ。

戦況図の秦軍、趙軍の陣地に、部隊を示す駒が複数、置かれている。駒は、蒙毅と河了貂が実際の戦場の様子を見つつ並べたものだ。

河了貂が、手元の戦況図と戦場を見比べる。

「両軍の陣形が完成した」

蒙毅が趙軍の左翼にある駒を指し示す。

「趙軍の攻撃の主軸は、万極たち率いる合計四万の大軍」

蒙毅は万極軍の駒から指を離し、秦軍本陣の横側を示した。

「秦軍本陣の脇腹を突こうと狙っている」

「対する秦軍も合計三万の右翼軍で防衛しているが、敵将の万極は相手の陣営深くに侵入して攻撃する、いわゆる特攻を得意とする戦術家で、今日も秦中央軍寄りの側面を狙っているはずだ」

次に蒙毅は、秦軍左翼側の駒を指さした。

「一方。秦の左翼軍は、干央たち率いる一万の軍勢」

干央が率いているのは、王騎軍第四軍。その中には信と旧知の将、壁《へき》千人将の隊もある。

「たった、一万?」

と河了貂。蒙毅が事情通の顔で言う。

「まあ、王騎軍は私設軍隊だからね。干央率いる六千の王騎兵に、昌文君派の秦国兵四千。左翼軍は、言わば小数精鋭の傭兵部隊さ」

　ふむふむと河了貂が納得する。蒙毅は趙の右側を指す。

「対する趙の右側は、馮忌率いる二万の軍勢。馮忌は将軍でありながら軍事家並みの戦術眼を持つ頭脳派。押されれば引く、引けば囲い込む。自在に陣形を操る」

　蒙毅が、話を理解しているか河了貂の表情を確かめつつ、続ける。

「そう簡単に、馮忌に近づくことはできないだろう」

　戦況図の左側の地形を、蒙毅が指さした。

　趙中央軍本陣と右翼軍本陣の間に、平地ではない地形がある。

「この左側の戦地は、高い丘などの障害物のせいで、全体からは孤立した感がある。突撃しやすいぶん、敵側面から中央部を狙うのは難しくなる」

　河了貂が戦況図の右側を示した。

「ということは。戦の勝敗は、右側の攻防にかかっているということか、蒙毅？」

「趙軍にとっては、そうだね。でも秦の主力は中央軍だ。蒙武軍二万に王騎軍二万が加わり、四万の軍勢」

　蒙毅が戦況図中央に並ぶ二つの駒を指した。一つが蒙武軍、もう一つが王騎軍だ。

　その指を蒙毅は、相対する趙の中央軍に向ける。

「対する趙中央軍は、趙荘が率いる四万。おそらく才覚からして、この趙荘が総大将で間違いないだろう」

河了貂が、中央で向かい合う秦軍と趙軍の駒を見比べた。

「数では中央は、秦軍も趙軍も同じだ」

「数だけはそうだけど、秦軍の中身は、急遽《きゅうきょ》集められただけの農民兵も多い」

蒙毅が難しい顔をし、少し考えてから続ける。

「この戦いの勝敗は、兵力差だけじゃない。やはり将の力量が左右する——将軍たちの、個の実力が」

戦の行方は、常に単純な戦力のみでは決まらない。

故《ゆえ》に。実際の戦場を見、戦術を知ることは、軍師を目指す者にとって、これ以上ないほどの経験となる。

自らの剣の腕で戦場に出た信に続き、軍師として戦場に臨《のぞ》むことを決意した河了貂にとって、今見えている全てが、なににも代えがたい知識になるのだった。

×　　×　　×

秦軍がいよいよ行動を開始する。

蒙武直属の二万の兵、さらに王騎軍から二万の兵。合わせて四万の中央軍。

巨大な方陣の最前線、その中心にいるのは呂不韋《りょふい》派の猛将、蒙武である。

騎馬の上で、蒙武が真っ正面の趙の中央軍を見据える。

突撃開始の判断を、蒙武は王騎から任されていた。

対する趙中央軍は、趙荘率いる四万の軍勢。数はまったくの互角である。

両軍の激突は、ここ乾原での戦いで、最大の激戦となるのは開戦前からわかっていることだ。

当然、秦も趙も多くの兵が死ぬ。

戦って死ね。そう命じる立場の蒙武に、しかし躊躇《ためら》いなど微塵《みじん》もない。

蒙武が片手に提《さ》げているものは、錘《すい》と呼ばれる異様な得物《えもの》だ。錘とは矛《ほこ》の柄のように強固で長大な棒の先に、刃物ではなく金属の装甲板で覆《おお》われた重りを備えた打撃武器である。

蒙武の錘は、度外れた巨大さを誇るものだ。その重量は並みの男の体重をはるかに上回る。

その重量をものともせず、蒙武が錘を片手で振り上げ、大音声《だいおんじょう》で号令を下す。

「突撃ッ!!」

真っ先に蒙武の馬が飛び出した。

「あああああああああああああッ!!」

蒙武に一瞬遅れ、最前列の騎馬隊が、鬨《とき》の声を上げて続く。

無数の馬が疾駆する山鳴りのような轟音に、さらに歩兵隊の叫びが重なり、秦中央軍が敵陣めがけて突撃する。

×　×　×

中央軍の後方、信の特殊百人隊は控えたままだ。
後方でも、中央軍突撃の様子は伝わってくる。
「行った！」と信。
「中央軍が出た!!」と尾平。
特殊百人隊には、まだなにも命令が届いていない。
すなわち、動くなということだ。
信の配下は、荒くれ者、曲者《くせもの》ばかりである。
ここまで来て手柄も上げずに帰ることなど誰も考えてはいない。
多くの兵が、早く参戦したくて落ち着きをなくしている。
それでも、命令なしで動き始めるわけにはいかない。
信たちに命令がないまま、戦が始まった。

×　×　×

秦軍本陣で王騎が、蒙武が動いたことを知る。

王騎は嬴政《えいせい》の前で、蒙武に『お前など過去の遺物だ。俺は認めんぞ』と言われた。

明らかな侮辱に対し、王騎は、ある程度は蒙武を認めている、と返した。

言葉通り、攻め手としての蒙武の力を王騎は信用している。

故に。中央軍の蒙武軍二万については一切を蒙武に任せていた。

馬上で腕組みをしたまま、王騎は楽しそうに言う。

「あなたの力を見せていただきましょう、蒙武さん」

×　×　×

力を見せろ。

王騎がそう言ったのと時を同じくして、蒙武の騎馬隊が、趙中央軍陣営の最前線と激突する。

「防御陣形!!」

趙軍の重装歩兵が陣形最前列にずらりと並び、金属の盾《たて》を並べて壁を作った。

趙兵たちが盾と盾の隙間から長い槍を突き出し、騎兵の突撃に備える。

強固な防御陣である。だが蒙武率いる騎馬隊は怯《ひる》まない。

真っ先に、蒙武が盾の列に突っ込んだ。蒙武の武器、錘は一振りで人体を粉砕する代物《しろもの》だ。

蒙武の豪腕で振るわれる錘が、唸《うな》りを上げる。

「はあああああッ!!」

蒙武の錘が盾ごと趙兵を次々に叩き潰し、撥《は》ね飛ばす。

防御陣形など、蒙武の前にはまるで意味をなさなかった。

昌文君にも攻の力を認められた猛将蒙武はその名に恥じず、重装歩兵を藁束《わらたば》でも薙《な》ぎ払うかのように蹴散らし続ける。

将に続けと騎兵が続々と盾に馬ごと突っ込み、防御陣形を崩しにかかった。

騎兵の開けた防御陣の穴に、歩兵隊がなだれ込む。

戦は開戦直後から乱戦の様相を見せ始めた。

×　×　×

秦中央軍の勢いは、未《いま》だに待機のままの信たち特殊百人隊にも伝わった。

遠目にだが、蒙武が敵兵をまとめて吹っ飛ばす様子が見える。

「あ、あの野郎っ、すげえ!」

と信。興奮した信は、その無礼さに気付きもしない。

信の近くで澤圭が首を傾《かし》げる。

「私たちには、命令が来ませんねえ」

「くっそおっ！　俺たちの出番はまだかよ？」

焦《じ》れたように信が声を荒らげた時だ。

信の副官の一人、渕が趙軍の新たな動きに気付く。

「趙の右側が動いた！」

秦軍側から見て趙軍の右側。すなわち趙左翼軍が突撃を開始した。

呼応して秦右翼軍が防衛行動に入る。

中央軍同士の乱戦に続き、戦火が拡大を始めた。

×　　×　　×

趙軍本陣は戦場を見渡せる小さな山の上、高台にある。

中央軍を率いる趙荘は、本陣から戦場を観察していた。

そこに伝令の兵が駆けてきた。伝令の兵が礼の姿勢を取り、報告する。

「万極軍、突撃開始！」

趙左翼軍、万極が率いているのは中央軍と同数、四万の兵だ。

対する秦右翼軍は三万。兵の数はそれなりに揃えている。

状況を把握している趙荘は、余裕の表情だ。

「兵の力も数も、こちらが上。単純な武力で押し込んでも、奴らはいたずらに兵を失うだけだ。さあ、どうする王騎？」

趙荘配下の将が、戦場の新たな動きに気付く。

「敵、左軍が出てきました」

秦左翼軍は、干央率いる六千の王騎兵と、昌文君配下の正規兵四千の、合計一万。この戦場ではもっとも数で劣る軍だ。当然、戦力的にも低い。

秦左翼軍が中央に加勢するのでもなく、右翼防衛に手を貸すのでもなく単独で動く。その行動の意味が、趙荘には推測できなかったらしい。

「左軍も？　正面から、馮忌将軍に挑む気か？」

秦左翼軍がそのまま進行すれば、対するのは趙右翼軍である。

率いているのは知略に優れた馮忌。兵の数は二万。

単純に兵の数でも、趙右翼軍は秦左翼軍を上回っている。

「……ふん、王騎め。なんの真似だ」

まともに戦えば、趙右翼軍に負けはないはずだ。

それでも秦左翼軍は趙右翼軍に向けて、動いた。

秦左翼軍の意図が読めない以上、慌てて他の軍を動かせば失策を犯す可能性が生じる。趙荘は将たちに新たな命令を与えず、注意深く戦場を観察し続けた。

×　×　×

秦左翼軍の行動は当然、対する趙右翼軍の馮忌のもとにも伝わる。

馮忌の側近の将が、馮忌に報告する。

「秦左軍が進行を始めました」

「相手は数で劣っている。例の策でいく」

馮忌が冷静に即断した。

「ハッ！」

それを聞いた将がすぐさま動いた。馮忌の周囲が少し騒がしくなるが、混乱はしていない。

全ては想定内。馮忌に動揺はまったくなかった。

×　×　×

王騎の命を受けた秦左翼軍が、趙右翼軍に向けて進行を開始した。

王騎直属の将、干央率いる左翼軍の中に、昌文君配下の将、壁と尚鹿《しょうかく》の姿もある。

千人将にふさわしい鎧姿で馬を駆る壁が、自らの兵たちを鼓舞する。

「進めえ！　敵は怯《ひる》んでいるぞ!!」

「おおおおッ！」

騎兵、歩兵共に威勢よく雄叫びを上げた。

壁と馬を並べて駆ける尚鹿が、笑みを浮かべる。

「いいねえ！　皆、王騎将軍の参戦で士気が上がってやがる！」

意気軒昂《けんこう》と秦左翼軍が全軍で進む。

彼らを待つ運命が、中央軍同士の激突を上回る地獄になるなどと、壁も尚鹿もまだ予想すらしていなかった。

×　　×　　×

秦左翼軍が趙右翼軍に突撃を開始し、王騎軍をのぞくほぼ全軍が戦闘に突入したが、信たち特殊百人隊は、まだ待機させられていた。

信のそば、渕が冷静に戦況を分析する。

「中央と右軍も拮抗《きっこう》してます」

「くーっ、早く俺たちもッ!!」

信はどこでもいいから突撃したいと言いだしそうなほどに、焦《じ》れていた。

隊の伍の連中も荒くれ者ばかりだ。多くの兵が信と似たように苛立《いらだ》っている。

「童信《わらべしん》。あなたに、任務を与えます」

隊員たちが暴走しかねない状況のなか、予想外の声が投じられた。

信だけでなく、誰もが一斉に声がしたほうを向く。

そこには、供として二騎の騎兵を引き連れた総大将――王騎の姿があった。

「王騎将軍っ？」「王騎様だっ」

隊の兵たちがあたふたと慌て、礼の姿勢を取ることすら忘れて馬上の王騎を仰ぎ見る。

無造作に近づいてくる信に、王騎が馬上から告げる。

「修業の成果を見せる時ですよ」

「任せとけ！」

ぐっと腕を構えてみせる信に、有義が目を剝《む》いた。

「ため口!?」

有義を一瞥《いちべつ》もせずに、王騎が信だけに話かける。

「ご覧の通り、今しがた左軍一万が、対する馮忌率いる二万の趙軍に攻撃を始めました。実はこれが、序盤戦でもっとも重要な戦いです」

む？　と軽く首を傾げる信。

羌瘣は無言だが、信よりは話を理解している顔だ。

渕が拳を掌に当てて礼をし、王騎に一歩、近づいた。

「お、恐れ入ります、左軍の攻めた地は、地形的な利もなく重要な戦いとは思えませんが」

王騎が、柔和《にゅうわ》な表情を崩さず渕に視線だけを向ける。

それだけで渕は膝《ひざ》から崩れ落ちた。王騎の視線の圧力に耐えられなかったらしい。

渕がどうにか立ち上がり、信の後ろに下がる。

王騎が視線を信に戻す。

「戦を効率よく進めるには、より有利に戦える地を奪うことが定石《じょうせき》です」

信が大きく頷いてみせた。

「それは知ってる。蛇甘平原でも、敵の丘を取るために多くの犠牲を払った」

信の即答に、王騎はどこか満足げだ。

王騎が、いいことを教えてあげましょうと言わんばかりに、さらに告げる。

「しかし。場所取り以外にも、よい方法があります」

「？」

信の顔に疑問が浮かぶ。一瞬だけ間を置いて王騎が続ける。

「敵の有能な武将を、殺していくことです」

「……！」

なるほど、と意味が呑み込めたという顔になる、信。

信が理解したことを察したらしい王騎が、具体的な話を始める。

「今、趙の右軍二万を率いている馮忌という将軍は、戦局分析に非常に長《た》けた人間です。そういう武将は、戦いが佳境になればなるほど、やっかいな存在となります」

というわけで、と挟んで王騎が続ける。

「まずはその馮忌に、消えていただきましょう」

真っ先に将軍を討つ。剛胆すぎる発想に多くの兵が息を呑んだ。

乱戦の喧噪に満ちた戦場で、この場だけが一瞬、静かになる。

兵たちに注視される中、王騎が淡々と語る。

「とはいえ。馮忌は無類の戦上手で、さらに兵の数も秦軍左翼の倍。一筋縄ではいきません。そこで、童信の百人隊の出番です」

そこでと言われても、なぜ自分たちの出番なのか、信にはわからないようだ。

「？」

と信が疑問顔になる。

どこか楽しそうに、王騎の笑みが少し深くなる。

「あなたたちは両軍が戦っているところへ側面より突入し、どさくさに紛《まぎ》れて馮忌の首を取ってきてください」

特殊百人隊の兵たちが、ざわっと動揺する。

一方、信だけが、与えられた役目の重要さに目を輝かせた。

誰よりも焦った顔で、渕が王騎に進言する。

「ふ、不可能です！　いくらなんでもそれは、ただ全滅しに行くようなものです！」

周りの兵たちも声にはしないが、そうだそうだと言いたげな顔だ。

王騎はそうした兵たちをちらりと見て、信に問う。

「……どうですか、童信。あなたも、そう思いますか？」

信はわずかに思案した後《のち》、口を開いた。

「荒れ地の民と戦いながら修行をしてて、気づいたことがある。大軍勢の中で百って数は、まさに豆粒みたいに小さい存在だ」

王騎も特殊百人隊の面々も、信の言葉に聞き入る。

「だが、豆粒には豆粒なりの強さがある。隙間を抜く身軽さがあるし、一つになれば砕けねえ固い石にもなる」

王騎が感心したような目になった。信がさらに続ける。

「俺たち百人が、乱れず固く一つに纏まって戦うなら、二万の将一人を討つことも不可能じゃねえ」

不可能じゃない。

その言葉に、隊の兵たちの表情が変わった。

俺たちにもやれるかもしれない。そんな前向きな意志を感じさせる顔だ。

羌瘣は眉一つ動かさず、信と王騎のやり取りを観察するように見ている。

信が王騎に向き直り、己の胸を拳で叩く。

「その任務！　俺たち特殊百人隊が、引き受けた！」

「んっふっふっふっ」

嬉しそうに王騎が肩を震わせてひとしきり笑い、信を褒《ほ》める。

「ちゃんと成長しているようですね、童信」

では、と王騎が口調を改めて続ける。

「褒美《ほうび》を一つ。あなたの隊に、名前を与えましょう」

「隊の名前？」

と信。いかに隊の名前が重要かを強調するように、やや重々しい口調で王騎が告げる。

「これよりあなた方はこう名乗りなさい」

王騎は言葉を句切り、告げる。

「飛信隊《ひしんたい》」

信がすぐさま、その名を繰り返す。

「飛信隊」

隊の名を将軍から直接、賜《たまわ》る。

それが栄誉あることだと誰にも理解できたのか、皆が真剣な顔つきになった。

王騎の顔からも、普段の柔和が笑みが消える。

「飛矢《ひや》のごとく大きく羽ばたき、敵の隊陣深くに入り込むのです」

飛信隊の任務の重大さを、王騎が改めて伝える。

「これは、大事な一戦です。万が一にも失敗は許しません。よろしく頼みましたよ。飛信隊、信」

ばっと信が勢いよく胸の前で右拳を左掌に当て、背筋を伸ばして礼の姿勢を取った。

羌瘣以外の飛信隊の兵全員が、信に続いて礼をする。

この瞬間。大将軍を目指す信と共に戦場を駆ける、飛信隊が誕生した。

第四章

一本の矢と化して

乾原《かんげん》を見下ろす高台から、河了貂《かりょうてん》は食い入るように、秦《しん》軍と趙《ちょう》軍の戦《いくさ》を観察していた。

中央軍同士の激突は、優劣がつけがたい乱戦状態だ。

秦右翼軍と趙左翼軍は、兵の数で劣る秦右翼軍が奮戦し、超左翼軍と拮抗《きっこう》した状況を作っている。

そして先ほど秦左翼軍が、趙右翼軍へと突撃を開始した。戦端が開かれたばかりで、優劣の判断はまだつかない。

秦軍における戦闘の最小単位は伍《ご》。その上は百人隊だ。

河了貂は隊ごとの行動に注目していた。

総計二十万近い兵の入り乱れる戦場で、ただ一人の男を見つけ出すために。

河了貂が探しているのは、今回の戦に百人将として初めて参加した、信《しん》である。

広い戦場の中で、河了貂は違和感を覚えた。

河了貂が、妙に感じるその箇所を集中して見る。

蒙毅が、河了貂がある一点を注視していることに気付いた。

「どうした、貂？」

「左軍と中央軍の間の岩陰に、隊列が見える」

秦軍陣営から見て、戦場の左側。

秦左翼軍が趙右翼軍と激突している平原のそば、岩山付近に小数の部隊がいる。

蒙毅《もうき》が、河了貂に言われた辺りに目をこらしたが、わからないようだ。

「よく見えるな」

隊列の先頭。塵芥《ちりあくた》のような大きさにしか見えないが、それが誰か河了貂にはわかった。

「――まさか」

信である。身を潜《ひそ》めるように岩山を進んでいる隊列こそ、飛信隊《ひしんたい》だった。

×　×　×

軍勢同士がぶつかる戦場を避け、敵に見つかりにくい岩場を、飛信隊は全員が身を低くして進んでいる。

騎馬隊、歩兵隊が戦っている平地と少し離れたこの場所には、岩山がある。

岩山の手前に少し開けた場所があり、その向こうが切り立った崖だ。

岩山手前の平地には、趙の部隊がいる。

大軍ではないが、それでも百人隊よりはよほど多く、正規兵ばかりの守備隊だ。

守備隊から派遣されているのだろう、信たちが進む岩場の近くに一人、見張りの兵がいる。

その兵が、飛信隊が隠れている岩陰へと目を向け、止まった。

見張りの兵がなにかに気付いたような素振りをした、その瞬間。

背後から首を切られ、見張りの兵が声を上げることなく絶命した。

倒れたその兵の後ろから姿を見せたのは、羌瘣《きょうかい》だった。

気配を消して敵に接近し、音もなく命を奪うのは、羌瘣の得意とするところだ。

見張りを仕留めたため、今しばらく趙の守備隊に飛信隊の存在は気取《けど》られずに済むだろう。

一仕事終えた羌瘣が、迅速《じんそく》に隊列に戻る。

信が手で後続に止まれと合図し、その手で岩山を指さした。

「あの岩山の向こうに、趙右軍の本陣がある」

趙の右翼軍本陣。信たちが命を狙う馮忌《ふうき》が指揮を執《と》っている場所だ。

沛浪《はいろう》が、平地のほうに目を向けた。

秦左翼軍と趙右翼軍の戦闘部隊が、ぶつかっているのが見える。

「見ろ、秦軍が押しているぞ」

と沛浪。両軍入り乱れての乱戦になりつつあるが、今のところ勢いは秦左翼軍にあるようだ。

趙右翼軍の本陣に近い場所での戦闘が激しくなればなるほど、軍を指揮している馮忌の意識も戦場に向き、身辺への注意がおろそかになるはず。

信たちは、そこを狙うのだ。

そのためには、趙右翼軍本陣に奇襲をかけられる位置まで移動しなければならない。

岩山を越える必要があるが、その岩山に辿《たど》り着くには、眼前の守備隊を突破しなければならない。

馮忌の首を取るという王騎《おうき》の厳命を果たすべく、飛信隊は死地に挑む。

×　　×　　×

信たちの目指す趙右翼軍本陣は、落ち着いた雰囲気だった。

全て想定内というように焦《あせ》り一つない顔で、将たちが馮忌の指示を待っている。

秦左翼軍の突撃を受け、馮忌が陣形を動かすべく指示を出す。

「よし、前線を下げろ。両翼、配置につけ」

「ハッ！」

馮忌直属の将が、すぐさま行動を開始した。

現在、秦左翼軍が優勢なのは、馮忌がそうなるよう兵を動かしていたからだ。

秦左翼軍と激突したのは、右翼軍全軍ではない。

馮忌は率いている二万の兵を、三つの軍に分けて配置していたのである。

兵数一万の秦左翼軍に対していた趙右翼軍は、数で秦左翼軍に劣っている状態だった。

勢いで秦左翼軍が優っていたのは、当然である。

そして今。馮忌が温存していた残りの趙右翼軍の兵が、秦左翼軍を両側から挟み込むよう、密かに陣を展開し始めた。

× × ×

馮忌の策略とは知らず、秦左翼軍は自軍の優勢を信じて攻勢に出ていた。

騎兵歩兵が入り乱れる乱戦の中、趙軍の将の声が響く。

「趙軍、退却!!」「下がれーッ!」

命令が全軍に伝わっていき、趙の兵が戦闘を放り出して一斉に後退を始めた。

激戦の最中《さなか》にいた壁《へき》隊の周囲からも、趙の兵の姿が消えていく。

壁と同じく千人将の尚鹿《しょうかく》が辺りを見回す。

「敵が、退《ひ》いていくぞ」

おかしい、というように壁が周辺を観察する。

「……もう撤退か? 確かに我が軍も押してはいたが、そこまでの手応《てごた》えはなかった」

壁と尚鹿は冷静に状況を把握しようとしていた。

だが、戦闘で興奮状態の兵たちは違った。

「うおおお! 追えーッ!!」「逃がすなあッ!!」

壁の命令を待たず、壁隊の兵が一斉に、逃げる趙の兵を追い始める。

「待て！　行くな!!　壁隊、止まれッ!!」

壁が声を張り上げて命じたが、猛《たけ》った兵たちは止まらない。

趙軍を全滅させる。

それしか頭にない様子で、壁隊の兵が敵陣深くに突っ込んでいく。

×　　×　　×

秦左翼軍と趙右翼軍の戦いの変化は、秦軍本陣の王騎たちにも見えていた。

趙右翼軍の突然の後退。

王騎の目には、明らかにおかしな行動だった。

「……危ういですねえ、左軍は」

と馬上の王騎。王騎の側近、騰《とう》が隣で確かめるように言う。

「やはり、誘い込みですか」

口調からして、騰も趙右翼軍の行動に退却以外の意図を感じているようだった。

「ええ」

王騎が頷《うなず》き、断言する。

「左軍の勢いの半分は実力。そしてもう半分は、馮忌の罠《わな》です」

× × ×

趙右翼軍本陣。馮忌のもとに、秦左翼軍の両側に部隊の配置が終わったと連絡が入った。

時合い的にも予定通りだ。全てが馮忌の想定に沿って進んでいる。

すぐさま馮忌は命令を発する。

「敵左軍を挟み撃ちにしろ。皆殺しだ」

挟撃開始の合図が鐘や太鼓で前線に伝えられ、趙右翼軍の反攻が始まる。

× × ×

秦左翼軍壁隊の勢いは止まらない。

趙軍の転進、逃走が偽装だと気付かずに、壁隊は追撃を続ける。

事態の異常さに気付いている壁が、止まれと繰り返し命じても、逃げる敵兵を目の前にして興奮した歩兵たちは誰も命令に従わず、趙兵を追いかけ続けている。

その時だった。

壁の隣で騎馬を走らせている尚鹿が、なにかに気付いた。

「壁ッ!!」

尚鹿が全力で手綱《たづな》を引き、馬を止める。壁もすぐさま馬を止めた。

次の瞬間。空を覆《おお》い尽くすほどの数の矢が、秦左翼軍を挟む左右の陣から放たれた。

無数の矢が、趙兵を追走していた秦左翼軍の上に降り注ぐ。

矢に気付いて兵たちが止まったが、もう遅い。

為《な》す術《すべ》なく兵たちが矢に貫《つらぬ》かれ、次々と倒れていく。

「罠だッ!!」

壁が叫ぶと共に馬を転進させた。そして気付く。

逃げる趙軍を追って敵陣奥深くに入った秦左翼軍が、左右から現れた新たな趙兵たちによって囲まれていることに。

すでに逃げ場などは、どこにもなく。

生き延びるためにはただ、趙軍の猛攻に抗《あらが》うしかなかった。

×　　×　　×

趙右翼軍本陣急襲のため岩山越えを目指す飛信隊は、第一の難関である守備隊突破を前に岩陰で打ち合わせをしている。

先頭の信が振り返り、後方の隊員に説明する。

「大将のところまで行くためには、余計な戦いはしてられねえ。縦長の隊形で、敵将めがけて一直線に突っ走る。問題は突入の瞬間だ。敵も気付いて守りを固めるからな」

信たちの隠れている場所から、岩山手前の趙軍守備隊の姿がちらほらと見える。

見える限りでは兵の数はそう多くないが、おそらくは警戒のために複数の隊が周辺に分散しているだろう。

守備隊の兵の総数は、飛信隊の百名を確実に上回っているはずだ。

信が隊員たちに説明を続ける。

「しかし本陣手前には、岩山がある。ここを飛び出せば軍が動きだす。俺たちはなんとか岩山を乗り越えて本陣まで辿り着き、横から馮忌を討つ」

「……」

隊員たちは誰もが真剣な表情で無言だ。緊張している。

信は一人の隊員に目を向けた。

「突破口を開くために、怪力伍長の力を借りる。沛浪が引っ張ってきた竜川《りゅうせん》だ」

竜川。隊員の誰よりも巨体の若い男だ。剣や槍ではなく、大人の男よりも重そうな棍棒《こんぼう》を武器としている。

竜川を飛信隊の一員として連れてきた沛浪が、竜川に話しかける。

「ああ、こいつは俺の何倍も力がある。なあ、竜川」

竜川は顔を青ざめさせていた。唇も震え、声も出ないようだ。

「……」

普段から気が利《き》く副官の渕《えん》が、すぐさま竜川の様子が妙なことに気付く。

「……どうした、竜川。顔色が悪いぞ」

信をよく思っていない有《ゆう》兄弟の兄、有義《ゆうぎ》がからかうように言う。

「おい、お前。まさか、びびってんじゃねーのか？」

明らかに馬鹿にされているのだが、竜川はそれでも無言だ。

澤圭《たくけい》が訳知り顔で口を挟む。

「無理もないです。先月、最初の子供が生まれたばかりなんだそうです」

竜川は固く口を閉ざしたままだ。

尾《び》兄弟、尾平《びへい》と尾到《びとう》が視線を交わす。

「そんなこと言ったら」

「俺たちだって村に……」

尾平と尾到が思い浮かべているのは、城戸村《じょうとむら》を発《た》つ時に見送ってくれた東美《とうび》と友里《ゆうり》のことに違いない。

特に尾到は、東美に必ず帰ると約束をしてきた。

城戸村では今も、戦地に赴《おもむ》いた多くの若者のために女たちが祈りを捧《ささ》げているだろう。女たちは出陣した若者全員が無事に帰ってくるよう祈り、待っている。

待つ人がいる。戦いを前に足が竦《すく》むのは、仕方がないと考える者もいて当然だ。

だが信の顔に同情の色はない。真剣な表情で口を開き直す。

「話を戻すぞ」

竜川の心配事に一切触れない信に隊員たちが戸惑《とまど》うが、構わずに信は続ける。

「この飛信隊は、一本の矢だ。敵将まで飛んでいけば首を取れるし、届かなきゃそこで叩き折られて、全員死ぬ」

ためらわずに全滅の一言を口にした信に、隊員たちが息を呑む。信はさらに続ける。

「俺たちが失敗したら、目の前でやられている左軍の奴らも全員死ぬ」

秦左翼軍は馮忌の罠に嵌《は》まり、趙右翼軍に挟撃されて窮地《きゅうち》に立たされている

その命運が、飛信隊が馮忌の首を取れなかった時点で尽きるのは、疑う余地もない。

信が言い聞かせるように、隊員たちに告げる。

「そしたら。お前らの帰りを待っている村の人間も、みんな、死ぬんだ」

信の言葉に、隊員たちの表情が驚きに一変した。

なにをいきなり言いだすんだ、という顔だ。

信の話は、まだ続く。

「この戦いに負けりゃ、趙軍は秦国内になだれ込んでくる。そしたら関水《かんすい》の連中みたいに、男も女も子供も一人残らず殺されて、血の池に捨てられるんだ」

長平《ちょうへい》大虐殺。

趙が、秦を激しく憎み、恨むこととなった出来事だ。

十六年前。当時の秦国六大将軍白起《はくき》が戦に勝利した際、投降した趙兵四十万人を残らず生き埋めにして皆殺しにした。

故《ゆえ》に。趙が同じことをやり返しても、なんらおかしくはない。

趙軍は兵と民《たみ》の区別なく、秦の人間を殺し尽くすだろう。

信が改めて、諭《さと》すように竜川に告げる。

「竜川。俺たちが勝たなきゃ、お前のガキもそうなる。これは、そういう戦いなんだ」

決して、負けられない。

いや、必ず勝たねばならない。

飛信隊が臨《のぞ》もうとしているのは、そんな戦いなのだ。

事ここに至り、隊の誰もが己《おのれ》の責務を理解したらしい。全員の表情が志気で引き締まる。

「うおおおおおッ!!」

竜川が気合いと共に、額《ひたい》を岩に叩きつけた。

がばっと身を起こし、竜川が信に向き直る。その顔に先ほどまでの怯えは微塵《みじん》もない。

「……行こう、隊長。俺たちで一つ、勝ちを掴み取ろう」

信が大きく頷き返す。

突撃に向け、飛信隊の意志は一つにまとまった。

そうしたやり取りを有義《ゆうぎ》は無言で見ていた。

「行くぞッ!!」

「……!!」

信と羌瘣を先頭に、飛信隊が岩山の崖下にいる守備隊めがけ、突撃を開始する。

守備隊の見張りが飛信隊に気付き、声を上げる。

「敵襲ーッ!!」

守備隊がすぐさま迎撃に動いた。飛信隊を上回る数の兵が、こちらに向かってくる。

「きたッ!」

声を上げた羌瘣の横を、巨体が追い抜く。

棍棒を振りかざし、鬼の形相《ぎょうそう》で先陣を切る男の名を、信が叫ぶ。

「竜川!!」

沛浪が竜川の背に、大声で呼びかける。

「馬鹿！　一人で行くな!!」

「あいつ、死ぬ気か!?」

と有義。竜川の単身での突撃は、誰の目にも無謀に見えた。

「うおおおらあッ!!」

怒号と共に、竜川が襲い来る趙兵の一団に棍棒を振るった。

「〜〜ッ!?」「ぎゃあっ!!」「馬鹿なッ!?」

棍棒の一振りで、数人の趙兵が吹っ飛ばされる。

右に左にと竜川が棍棒を振り回すたび、飛信隊を迎撃に来た守備隊第一陣の数が減る。

信が加速しつつ、号令を下す。

「飛信隊ッ！　突っ込むぞッ!!」

「おおおおおッ!!」

信を先駆けに、竜川の突撃で開いた守備隊の穴に、飛信隊がなだれ込む。

×　　×　　×

乾原近くの高台から戦場を観察している蒙毅と河了貂にも、飛信隊の突撃は見えていた。

無謀にも思えた突撃だったが、一人の兵の奮戦で守備隊の陣形を一瞬で崩し、楔《くさび》を打つように飛信隊が食い込んでいく。

その様子に、蒙毅が目を丸くした。

「入った⁉」

河了貂の顔にあるのは、驚きではなく興奮と喜びだ。

「信‼」

期待に輝く目で、河了貂は信と飛信隊の戦いに見入る。

飛信隊が易々と守備隊を突破し、先に進むことを河了貂は期待したかもしれないが、事態は、そう簡単ではなかった。

×　　×　　×

趙右翼軍本陣。馮忌の副官のもとに、伝令の兵が飛び込んできた。

「敵襲！　左方から敵襲！」

「左方だと？　どこの隊だ？」

と副官。伝令の兵がすぐさま返す。

「わかりません！」

当然である。農民兵の集まりの飛信隊の名は、まだ知られてなどいない。

さらにもう一人、伝令の兵が駆け込んでくる。

「急報！　左方の敵、その数、百！　すでに第二陣まで進攻中！」

副官の顔に、疑念と驚きの色が浮かぶ。

「たった百で二陣まで？」

「百人隊の単独行動のようです！」

伝令の兵の報告に、副官の表情にある疑念の色が濃くなった。

「……どういうことだ？」

副官にはなにが起きているのか、わからないようだ。

だが馮忌は、伝令の兵二人からもたらされたわずかな情報から、推測できたようだ。

「貴様の狙いは俺の首か」

馮忌が目を向けたのは戦場の中心、中央軍同士の乱戦のさらに先。秦と王の旗が翻《ひるがえ》る、秦軍本陣だ。

馮忌の口元に、笑みが浮かぶ。

「ふっ。面白い、取れるものなら取ってみろ、王騎」

左方から突撃をかけてくる飛信隊の狙いが、自身の首だと察した馮忌だが、動かない。

わずか百の兵だ。放っておいても、そのうち守備隊にすり潰《つぶ》されて消える。

戦況はなにも、変わらない。

馮忌は、そう考えていた。

×　×　×

先頭で棍棒を振るう竜川の奮闘で、迎撃に来た守備隊第一陣、岩山ふもとで防衛陣を布《し》いていた守備隊第二陣を、飛信隊は突破した。

飛信隊の正面。岩山の頂《いただき》へと続く崖がある。

崖に整備された道などどこにもなく、剝《む》き出しの岩肌をよじ登るしかない。

竜川の横を、信が駆け抜ける。

「あの岩山を登るぞッ!!」

「おーッ!!」

飛信隊隊員の士気は高く、信に続いて次々と崖に飛びつき、登り始める。

険《けわ》しい崖だが、のんびり登るわけにはいかない。

ここでもたもたしていたら抜いたばかりの守備隊に追いつかれ、背後を取られるはずだ。

飛信隊は誰もが必死になって崖を登る。時間との勝負だった。

×　×　×

飛信隊突撃の様子は、秦軍本陣の王騎にも遠目に見えていた。

岩山を越えれば、馮忌のいる趙右翼軍本陣だ。

馮忌の首を取るために、最短距離となる岩山越えを選んだ信と飛信隊の狙いは正しい。

正しいが、困難な道だ。

飛信隊が相手をしなければならないのは守備隊だけでなく、地形も敵として立ちふさがる。

どれほど困難でも、馮忌を殺すという王騎の命令を完遂《かんすい》するしかない。

飛信隊の失敗はすなわち、秦左翼軍の壊滅につながる。

だが援軍は出せない。

飛信隊に加えて援軍を向かわせれば、その時点でおそらく馮忌が逃げるからだ。

無謀にも本陣に突撃をかけているのは、取るに足らない農民兵による百人隊。

馮忌にそう思わせ、油断をさせなければ、この作戦は成功しない。

王騎は期待を込めた口調で、届かない声を送る。

「飛信隊、信。試練ですよ」

×　　×　　×

飛信隊が挑んだ岩山の崖は垂直に近く、とても登りやすいとは言えない代物《しろもの》だった。

鋭い岩で指先を傷《いた》めたり、体重をかけた岩がいきなり崩れて落下しそうになったりもする。

岩場に慣れているのか、一人の隊員が信や羌瘣よりも早く、崖を登る。

もう少しで岩山の頂に至りそうなところで、その隊員の進む先に人影が現れた。

「敵兵だ!!」

気付いた時には遅かった。

頂に現れた趙兵が岩を投げ落とした。岩が隊員を直撃し、隊員が崖を転がり落ちる。

「おい!!」

信が落ちる仲間に手を伸ばしたが、届かない。隊員は崖下まで落ちていった。

尾平が上に目を向けて、絶望的な顔をした。

「本陣に近づけねえっ」

崖上にさらに数人、趙兵が姿を見せる。

「まだいるぞ!」「叩き落とせ!」

崖上から趙兵たちが、信たちめがけて続々と投石を始める。

まともに石に当たれば、先ほど落ちた隊員と同じ運命を辿るのみだ。

「崖下にも、うじゃうじゃ集まってきた!」

尾平が焦ったように声を上げた。

飛信隊が突破した守備隊が態勢を整え直し、崖下に集結しつつある。

すぐにでも飛信隊を追って崖を登ってきそうだ。

信が、崖上と崖下を交互に見て焦燥《しょうそう》の表情になる。

「くそっ！　駄目だ、囲まれた！」

信が身を隠せる場所を探す。

少し崖を下りた場所に張り出した岩と窪《くぼ》みが複数あった。分散すれば飛信隊全員がどうにか身を隠すことができそうだ。

信が隊員たちに目配せして移動を始める。

隊員たちも信の目指す場所がわかったようで、信に続いて岩の窪みに向かった。

生き残っている飛信隊全員が、どうにか岩陰に身を潜めた。

どうしたものかと思案に暮れる信に、副官の渕が進言する。

「隊を分離しましょう」

「――分離する？」

と信。近くにいる有義が、信に主張する。

「このまま消耗戦を続けても、全滅するだけだ。だったら今のうちに、精鋭を選《え》りすぐって本陣を狙うべきだ」

信が冗談じゃねえという顔をする。

「んなことしたら、ここに残る奴らは全滅するぞ!?」

渕が諭《さと》すように、冷静に信に告げる。

「私たちの狙いは、馮忌の首です。それが叶《かな》えば、飛信隊の勝ち。この場で防衛戦を張れば、崖を登る時間も稼げるでしょう」

ああ、と有義が頷いた。

「そのためなら、俺は喜んでここに残る」

「俺も」と有義の弟、有カク。

「私も」と渕。続けて「残る側にも指揮する者が必要です」

副官の渕が、二つに分けた隊の一つを率いるということだ。

渕の経験値、判断力を考えれば、この場に残る防衛隊の指揮を任せるには適任である。

「私も残ります」

そう言ったのは澤圭だった。澤圭の周囲にいる隊員も残る覚悟を固めた顔をしている。

精鋭部隊を本陣に送り届けるために残る防衛隊の兵たちは、崖上と崖下、両方の守備隊に挟まれ、猛攻に晒《さら》されることになる。

突撃する精鋭部隊よりも、生き残ることができる確率は低いかもしれない。

「お前ら……」

残していく隊員のことを考えたのか、信が決断できずにいる。

そんな信を、有義がどやしつける。

「これは勝たなきゃならねぇ戦って、お前が言ったんだろう！」

信は、自分を認めていなかった有義を見据えた。

有義が視線を逸《そ》らさずに続ける。

「精鋭部隊さえ抜けてくれりゃあ、あとは適当に離脱する。俺と渕副長で、責任もって逃がしきる」

有義の覚悟を信は察したようだ。信の顔から迷いが消える。

「有義……」

その時だった。崖下の守備隊の動きから、渕がなにかを察したようだ。

「急げ、信殿！」

信は一瞬沈黙した後《のち》、渕に告げる。

「渕さん。俺たちが行ったら、ここは、なにがなんでも生き残れ！」

「もちろんですよ。絶対にみんなで生き残ります！」

渕が力強く頷いた。今はその言葉を信じるしかない。

信は覚悟を決め、岩陰から身を起こす。

「有義、必ず後でまた会うぞ」

「ああ、必ず馮忌を討ち取れよ！」

有義の言葉に送られ、信は再び崖登りに挑む。

信が命じなくとも、蛇甘《だかん》平原の戦いから信と運命を共にしてきた飛信隊の精鋭、羌瘣、沛浪、尾平、尾到がそれぞれの仲間を引き連れ、信に続く。竜川も精鋭部隊に加わった。

飛信隊は、本陣を目指す精鋭部隊と、そのための時間を稼ぐ防衛部隊に分かれた。

どちらの部隊も、待っているのはそれぞれの地獄である。

×　×　×

秦軍本陣。飛信隊を見守る王騎の横で、騰が告げる。

「隊を半分に分けましたな」

作戦開始前に信は言っていた。

『俺たち百人が、乱れず固く一つに纏《まと》まって戦うなら、二万の将一人を討つことも不可能じゃねえ』

裏を返せば。百人を分けてしまえば、不可能を覆《くつがえ》す可能性が確実に減るということだ。

突撃する精鋭部隊と、時間稼ぎをする防衛部隊。どちらも百人ずつの隊に戻すよう、増援を送るという手段はある。

「……」

だが王騎はなにも指示しない。

現場で信が、百人の兵を最大限に生かすために隊を分割するという判断をしたならば、たとえ隊が二つに分かれても、飛信隊の意志としては、固く統一されている。

一本の飛矢《ひや》と化した飛信隊は、まだ折れてはいない。

飛信隊という矢は馮忌の首級めがけ、戦場を飛び続けている。

遠く信の戦いを見守る王騎の口元には、いつもと変わらず柔和《にゅうわ》な笑みが浮かんでいた。

×　　×　　×

信が率いる飛信隊精鋭部隊が、必死の形相で崖を這《は》い上る。

「渕さんや有義たちが待ってる！　行くぞ、てめえらッ！」

仲間を鼓舞する信の声に、精鋭部隊の気合いがいっそう増す。

「おおッ!!」

崖を登る信たちの足下。渕が指揮する防衛隊は、崖を下りて趙の守備隊を迎え撃っている。

崖下の守備隊に、精鋭部隊を追わせないためだ。

数で大幅に守備隊を下回っている渕の防衛隊だが、その士気は凄《すさ》まじく高い。

誰もが実力以上の力を発揮し、趙兵の猛攻に抗っている。

不利を承知で防衛隊に加わった隊員を救う手段は、ただ一つ。

一刻でも早く馮忌の首を取り、戦局を変えることだ。

そのために信たちは、全力で崖を登る。

「なんだ、別働隊か!?」

崖の上で趙兵の一人が、信たちに気付いた。

すぐさま他の趙兵たちが集まり、飛信隊を迎え撃つべく崖を下り始める。

崖に人が通れる場所は少なく狭い。必然的に一人、二人と趙兵は順番に進むしかない。

「!」

飛信隊先頭の信が、剣を片手に身構える。そこに最初の趙兵が斬りかかってきた。

不安定な足場での戦いだ。趙兵は思うように剣を振るえないが、手練れの信は違う。

信は最初の趙兵を斬り捨て、続く趙兵も一瞬で片付ける。

斬られた趙兵が槍や剣を取り落とし、崖を転落していった。

趙守備隊の兵は、飛信隊精鋭部隊よりもはるかに数で優るが、崖という地形が災いし、飛信隊精鋭部隊を包囲、殲滅《せんめつ》するのは無理な状況だ。

先頭の信を倒さない限り、後続の飛信隊隊員に攻撃が届かない。

となれば、真っ先に倒すべきは信だ。

新たな趙兵が次々に信へと襲いかかるが、その全員を信が返り討ちにする。

剣や槍では、信を仕留められない。

現場を指揮していると思《おぼ》しき趙の将がそう判断したか、指示を飛ばす。

「先頭を落とせ!!」

すぐに弓兵が現れた。矢をつがえた弓で狙いをつけたのは当然、信である。

信は盾《たて》の類《たぐい》を身につけていない。左右に俊敏に動けない崖の途中では、矢を避けることは困難だ。

「！」

信の腕ならば剣で矢を切り払うことも可能だが、さすがに敵弓兵との距離が近すぎる。

弓兵に気付き身構える信の前に、盾を持った仲間が回り込んだ。

直後、矢が放たれる。すんでのところで盾が矢を弾《はじ》いた。

「おらあッ！」

沛浪が趙兵が落としていった槍を拾うと、即座に弓兵めがけて投げつけた。

「ぎゃあっ」

弓兵が槍に貫かれ、ふらついて前へと倒れ込み、転落する。

わずかに崖上の趙兵たちが動揺した。

その隙《すき》に、一気に信たちは崖を登りきる。

その先にも、多くの趙兵の姿がある。本陣目前の守備隊だ。

「らあッ!!」

裂帛《れっぱく》の気合いと共に信が先陣を切って突撃する。

遅れず羌瘣が続き、次々と崖を登りきった精鋭たちが怯《ひる》むことなく守備隊に突っ込んでいく。

渕たち防衛隊が相手にしているよりも、趙兵の数は多い。

だとしても、信たちに撤退などありえない。

どれほど困難だとしても、この守備隊を越えねば馮忌の首は取れぬのだ。

×　　×　　×

趙右翼軍、馮忌の指揮する本陣がにわかに騒がしくなる。

「報告！　岩山頂上付近で、敵兵の一部が近づいています！」

息を切らして飛び込んできた伝令の兵に、馮忌の副官が怒声を浴びせる。

「守備隊はなにをしている!!」

「未《いま》だ交戦中です！」

事実を告げた伝令の兵に、罪はない。だが副官の怒りは増す。

「なにを手間取っている!?　百人隊ごとき、叩き潰せ!!」

伝令の兵が一礼して走り去るが、副官の顔から怒りの色は消えない。

その伝令の兵と副官のやり取りに、馮忌は眉一つ動かさなかった。

想定外のことなど、なにも起きてはいない。

馮忌は今もそう考えているようだった。

誘い込んで包囲した秦左翼軍を壊滅させれば、それで終わりだ。

趙右翼軍の勝利は揺るがない。

故に馮忌は、動かない。ただ戦局を観察するのみだった。

×　　×　　×

馮忌の副官が百人隊ごときと侮《あなど》った飛信隊が並みの百人隊であれば、副官や馮忌の判断は間違ってはいなかっただろう。

数で上回る守備隊が、多少の時間がかかったとしても百人隊を叩き潰して終わったはずだ。

だが飛信隊は並外れていた。農民兵とはいえ、王騎の見込んだ隊なのだ。

特に隊長の信と副官の羌瘣は、蛇甘平原の戦いにて初陣《ういじん》の歩兵にはありえないほどの軍功を上げた手練れ中の手練れである。その腕はそこいらの武将を余裕で上回る。

信と羌瘣が並んで駆け、趙軍守備隊の中央めがけて斬り込んだ。

信が、次々と突き出される趙兵の槍をかいくぐって胴を薙《な》ぎ、振り下ろされる剣を弾き飛ばして返す刃《やいば》で頭を割る。

剣を大振りして隙のできた信の背中を狙う趙兵を羌瘣が跳躍して斬殺し、羌瘣の着地の瞬間に殺到する敵を、信が振り返りざまに斬りつけ、蹴り飛ばす。

信と羌瘣の連係は、まさしく嵐のようだった。

荒れ狂う二人の剣が、兵の数の差をものともせずに守備隊の趙兵を圧倒する。

信と羌瘣ほどではなくとも、尾平、尾到、沛浪も、蛇甘平原の地獄を生き残った兵だ。

互いに背を守りつつ、確実に敵を仕留めていく。

沛浪が飛信隊に引き入れた竜川は、単身で鬼神の如《ごと》く奮戦している。

剣や槍ではなく棍棒を武器に選んだ竜川を、接近戦で止められる趙兵はいない。

精鋭部隊に加わった他の兵たちも、敵と一対一にならないよう伍の力を発揮し、それぞれに奮闘している。

信と羌瘣を先頭に、まさに一本の矢と化した飛信隊精鋭部隊が、守備隊の囲みを突破した。

岩山頂上の狭い平地を抜け、反対側の崖から信たちは下を見る。

その光景を目の当《ま》たりにした尾平の顔に、絶望の色が浮かぶ。

「こんな所に飛び込むなんて、無理だよ」

整然と並ぶ歩兵と騎兵の隊列、翻《ひるがえ》る数多くの趙の旗。

眼下に、趙右翼軍本陣があった。

本陣直衛の兵の数は、これまでに突破してきた守備隊の比ではなかった。

×　×　×

飛信隊精鋭部隊が趙右翼軍左方の最後の守備隊を突破する様を、秦軍本陣の王騎たちは見守っていた。

遠目でも、飛信隊の強烈な突破力は見て取れた。

騰が感心したように言う。

「わずかな数でも、あれだけ勢いに乗ると止められませんな」

柔和な笑みを崩さず王騎が返す。

「秦左軍の大半を葬った馮忌の手腕は、鮮やかでした。ですが、その代償に飛信隊を懐《ふところ》深くまで入れてしまった。長距離の戦いを得意とする馮忌は、逆に接近戦は強くない」

ここまでは、王騎の思惑《おもわく》通りである。

だが、王騎の表情がわずかに険しくなる。

「しかし、飛信隊。ここからが、勝負です」

飛信隊の守備隊突破は、最終目標のための過程に過ぎない。

本番はここからだ。

趙右翼軍本陣に突入し、馮忌の首を取る。

それができなければ秦左翼軍は総崩れになり、秦左翼軍を壊滅させた趙右翼軍が、中央での戦いへと加勢に向かう可能性が高くなる。

そうなれば、蒙武《もうぶ》率いる秦中央軍が一気に劣勢になるだろう。

蒙武がどれほど攻勢に秀《ひい》でた猛将であっても、さすがに覆せない不利となる。

下手をすれば、蒙武の首を趙軍に取られることさえ、有り得る。

その時は、乾原での戦いに秦軍が勝利することが、極めて困難になるはずだ。

秦軍が乾原で負けてしまえば、趙軍は転進して馬陽《ばよう》の城を落とす。

馬陽の秦の民、十五万人も虐殺されるだろう。

全ては、ここからの飛信隊の働きにかかっている。

×　　×　　×

趙右翼軍本陣を見下ろす岩山の上。崖の際《きわ》に、飛信隊精鋭部隊が並んでいる。

こうしている間にも飛信隊精鋭部隊の背後に、突破してきたばかりの守備隊が迫ってくる。

尾到が興奮気味に、信に告げる。

「信！　俺たちは一本の矢だと言ったよな」

「ああ」

と頷き返す信。信と額《ひたい》を突きつけ合わせるように、尾到がさらに大声で言い募《つの》る。

「今じゃねえのか！　飛信隊が、そんじょそこらの矢じゃねえってのを、見せんのはよ！」

「だよなあッ！」

興奮気味に信が即答した。信も尾到も、やってやるぜという顔だ。

そんな隊長と弟のやり取りに、尾到の兄、尾平が呆然とした顔になる。

「……嘘だろ？」

敵本陣の威容を目にして尾平は竦《すく》んでいたが、この期《ご》に及んで気が引けているのは、尾平ただ一人のようだった。

沛浪が周囲の仲間に気合いを入れる。

「うおっし、行くぞ!!」

多くの隊員たちの顔に気合いが漲《みなぎ》る一方、尾平がおろおろする。

「お前ら、やべえよ」

竜川が真っ先に、崖から飛び出した。急勾配《きゅうこうばい》の崖を、ほとんど落ちる勢いで下る。

「うおおおおッ!!」

「しゃあ！」

信が竜川に続き、岩の斜面を駆けだした。

そのすぐ近くで羌瘣がふわりと崖へと身を躍《おど》らせる。さらに沛浪と尾到が続く。

崖に最後まで残った尾平が、

「やべえよ!!」

もうどうにでもなれ、という顔で崖から飛ぶ。

命知らずの崖上からの飛信隊急襲に、趙右翼軍本陣直衛部隊の兵士たちが驚愕《きょうがく》する。

驚きで対応の遅れた趙兵数人を、竜川の棍棒が一振りでまとめて吹っ飛ばす。

「うおあッ!!」

「なんの騒ぎだ!!」

敵将の一人が飛信隊襲撃に気付き、声を上げた。

飛信隊精鋭部隊のようなごく少数の兵の襲撃など想定していなかったのか、直衛部隊に混乱が広がった。

信と羌瘣が直衛部隊を突っ切るべく突進するが敵の壁は厚く、馮忌らしき敵将の姿はまだ見えない。

「らっ!!」

信の鋭い剣の一振りで、二人の趙兵が倒れた。信の陰から飛び出した羌瘣の躍るような剣が、さらに倍の趙兵を斬り伏せる。

一歩、また一歩と確実に、信と羌瘣は未だに姿の見えない馮忌へと近づく。

だが立ちふさがる兵の数も増えていく。

奇襲は時間との勝負だ。

敵に気付かれてしまった以上、もたもたしていたら包囲殲滅されるのは飛信隊精鋭部隊のほうである。

剣を振るい続けて進む信と羌瘣の背後を狙う趙兵を、尾兄弟と仲間たちが引き受けていた。

尾到が敵の剣を受けつつも、信の背に叫ぶ。

「援護する！　お前は全力で首を取りに行け!!」

「おお！」

振り返らず信が応えた。信のやや後方にいる羌瘣が注意を促《うなが》す。

「気をつけろ！　将軍を守る兵は手強《てごわ》いぞ!!」

「ああ、わかってるッ！」

と信。少し離れた場所で趙兵たちに取り囲まれた竜川が、我が身を省《かえり》みずに信を鼓舞する。

「走れえーッ!!」

「おおッ!!」

仲間たちの声に背中を押され、信が走る。

振り下ろされる剣、突き出される槍を信が体術だけでかわし、敵の間隙《かんげき》を突いて駆ける。

「抜けたッ!!」

眼前の敵を突破し、信が振り返った。

「みんな！」

信の視線の先。尾平が敵兵をさばききれず、斬りつけられそうになっていた。

「兄貴!!」

尾平の危機に気付いた尾到が、尾平が斬られる寸前で敵を退《しりぞ》ける。

たった今、死にそうになった尾平が、立ち止まっている信に叫ぶ。

「行けえ、信ッ!!」

「ッ！」

信はすぐさま身を翻し、駆けだした。

前方、直衛部隊第二陣の趙兵の列。

その列の向こう。明らかに他とは鎧《よろい》などの装備が異なる、騎馬に乗った将の姿がある。

趙右翼軍大将、馮忌だ。

馮忌は、ちらりとも信たちのほうを見ない。

小数の農民兵の突撃など、存在しないとしているかのように。

×　　×　　×

干央《かんおう》率いる秦左翼軍は、分散した趙右翼軍の挟撃を受けながらも、奮戦を続けていた。

左右から襲い来る趙兵の群れに、秦左翼軍は甚大《じんだい》な損害を出してなお前進を続けている。

先に退却した趙右翼軍中央部隊の向こうに趙右翼軍本陣と思しき趙の旗が見えるところまで、秦左翼軍の壁千人隊と尚鹿千人隊も来ていた。

壁も尚鹿も、率いる隊がどれだけの損害を出しているのか、把握すらできていないだろう。

それでも襲い来る趙兵に抵抗を続ける。

諦《あきら》めた瞬間が、最期《さいご》の時となるからだ。

まだ視界の中に秦の旗が幾つもはためいている。

秦の旗がある限り、味方はまだ戦っているのだ。

味方が戦っている限り、先に諦めるわけにはいかない。

絶望に支配されそうな圧倒的に不利な戦場で、壁たちは必死に足掻《あが》いていた。

×　　×　　×

趙右翼軍本陣からも、じりじりとだが秦左翼軍が近づいてくる様子は見えていた。

同時に、本陣直衛部隊と急襲してきた百人隊の一部との戦闘も、本陣には伝わっている。

そちらについては、直衛部隊の将に任せたままだ。

敵は農民兵で数も少ない。放っておいても本陣そのものに影響はない。

それよりも、今対処すべきは正面の秦左翼軍だ。

本陣に到達されたら多少は面倒なことになる。

馮忌のいる本陣の前には、秦左翼軍を誘い込むために退却させた趙右翼軍中央の主力部隊が、無傷に近い状態で待機している。

温存した兵力を今ここで投入し、一気に秦左翼軍を壊滅させる。

馮忌はそう判断したようだ。

「終わりだ」

と宣言し、片手を前方へとかざす。その行動の意味を察した副官が、伝令の兵に命じる。

「中央軍、前へ」

指示を受け、主力部隊が再び動きだす。

× × ×

秦左翼軍を襲う趙兵の勢いが、いっそう増した。

その理由に、すぐ最前線の秦兵が気付く。

「敵中央が動きだしたぞ!」

これまで秦左翼軍は、左右に分かれた趙右翼軍に挟撃を受けていた。

通常、軍の陣形というものは正面からの攻撃に強く、側面からの攻撃に弱い。

その上に、開戦時に囮《おとり》を務めた趙右翼軍の中央の部隊が、ここで正面から参戦してきたのである。

三方から攻め込まれる形になった秦左翼軍は、いっそう不利になった。

あらゆる方向からなだれ込んでくるように思える趙兵の攻撃に、尚鹿が絶望しそうになる。

「終わりか！」

千人隊隊長、壁が必死の形相で周囲を鼓舞する。

「持ちこたえろ！」

壁の目には、見えていた。

押し寄せる趙兵の向こう、趙右翼軍本陣左側で、混乱が生じているのが。

絶望的な数の直衛部隊の兵を相手に、奮戦している信や羌瘣たちの姿が。

そして。信の向かう先に馮忌がいるのが、壁にはかろうじて見えていた。

信が馮忌を討ち取れば、全ての流れが変わる。

信ならばやり遂《と》げるはずと信じて、壁は兵に徹底抗戦を命じた。

×　　×　　×

趙右翼軍本陣直衛部隊、第二陣の兵たちが、第一陣を抜けた信へと動きだす。
敵がどれほど来ようが、もはや信にはどうでもいい。
全てを蹴散らし、馮忌の首を取るだけだ。
正面。信は斬りかかってきた趙兵の剣を受け止め、弾き、斬り返す。
間断なく振り下ろされる趙兵の剣をかいくぐり、敵の胴を薙ぐ。
突き出された槍をかわして柄を摑み、強引に引っ張り込んで槍兵の首を刈る。
次々と信が趙兵を倒しても、敵は一切怯むことなく襲ってくる。
さすがに信の足も止まり、その場で応戦するしかなくなった。
「行け、信!!」
沛浪の声だ。信を追って、羌瘣、沛浪、竜川、尾平と尾到も第一陣を突破してきた。
「おお!!」
沛浪たちに一瞬気を取られた趙兵たちの虚を衝《つ》き、信が再び前を目指す。
その信に、羌瘣が追いついた。一瞬だけ視線を交わし、並んで走る速度を上げる。
横手から趙兵の一団が、信と羌瘣を阻《はば》むべく突っ込んできた。
その前に竜川が立ちふさがり、棍棒を真横に構えて趙兵たちをせき止める。
「おおああああッ！」
十人近い趙兵を、竜川がまとめて押し返した。

信と羌瘣に押し寄せる趙兵の数が少なくなったのは、一瞬のことだ。

本陣が近くなればなるほど、立ちふさがる兵の数が増える。

だとしても、信と羌瘣はここで止まるわけにはいかない。

押し寄せる趙兵の波の向こう。全力で駆けることができたら数瞬の距離に、馮忌の姿があるからだ。

馮忌は、騎馬に乗ったまま微動だにしない。

すぐ近くまで命を狙う秦の兵が来ているというのに、危機感を覚えるどころか、興味すらないかのように、馮忌は正面の趙右翼軍の戦場を見据えている。

目指す馮忌の首がすぐそこに、しかし手の届かない距離にあるのだ。

殺到してくる敵を次々と斬る信と羌瘣の足は、再び止まっていた。

これまでとは敵の質が変わっている。

一度斬り捨てたはずの兵がおびただしく出血しながらも立ち上がり、死兵と化して後続の兵の盾となるのだ。

死を覚悟した兵は例外なく強い。敵は刺し違えられれば本望だろうが、信たちは違う。

こんなところで屍《しかばね》を晒すことなどできない。

もう何人の敵を斬ったかもわからない信が、苛立《いらだ》って叫ぶ。

「くそおッ！　近づけば近づくほど、強《つえ》えッ!!」

地獄と化した乱戦の中、さすがの信も息が切れてきた。

信の疲労を感じたのか、羌瘣が信の前に出る。

「援護する!!」

羌瘣のおかげで、わずかにだが信は息がつけた。

疾風《はやて》のように剣を振るう羌瘣の向こう、馮忌を見据えて信は呟く。

「……一瞬だ。一瞬の隙さえあれば」

信と羌瘣の後方、尾兄弟と沛浪、竜川が、信たちが背後から襲われないよう、必死に趙兵を抑えている。

「まッ、まだか！」

と尾到。沛浪も肩で息をしている。

「もう抑えてらんねーぞ！」

尾平が信と羌瘣、さらにその向こうの趙右翼軍本陣を見やる。

「駄目だ、本陣はびくともしねえっ」

趙右翼軍本陣は、直衛部隊が襲撃されてなお、泰然《たいぜん》と構えていた。

×　　×　　×

趙右翼軍本陣で、慌てている将は一人もいない。

中央部隊を再投入した正面の戦場では、秦左翼軍が壊滅するのも時間の問題。

そう考えたらしい馮忌の副官が、余裕の口ぶりで馮忌に告げる。

「このまま囲んで、押し潰せば終わりです」

一方、直衛部隊を指揮しているらしき将は、多少、苛立っていた。

「ええい、側面の農民兵にいつまで手こずっているっ」

「……」

部下たちの様子を見つつ、馮忌は冷静に改めて周囲を確認した。

襲撃を受けている直衛部隊は、ごく少数の敵を相手に、乱戦に陥《おちい》っている。

馮忌はここに至り、飛信隊を意識せざるを得なくなった。

――これほどの敵の接近を受けたのは、初めてだ。

馮忌は考えつつ、乱戦の中心で強烈な存在感を発している男に、目を留《と》める。

――あの小隊が偶然ここまで辿り着いたことで、本陣を崩された。

――秦左軍を囲い込み、葬るために俺が両翼を上げなければ、奴らは入ってこられなかった。

短く思案し、馮忌は一つの疑問に辿り着く。

――まさか。俺は、両翼を上げさせられた？

――二万の我が軍に一万の軍が飛び込んでくれば、俺は両翼を上げて囲い込む。

――そうさせるために、王騎は左軍一万を突撃させたのか？

馮忌は正面の戦場に一度目を戻してから、改めて直衛部隊と戦う飛信隊精鋭部隊を見やり、そして気付く。

今、ここに至った状況が、全て王騎の思惑通りだったことに。

――あの小隊の進撃は、偶然ではない。

――俺は、第一手で王騎の術中に嵌《は》まっていた!?

開戦して初めて、馮忌の顔色が変わった。

失策を犯した自《みずか》らへの怒りと、最悪が想定される事態への焦り。

そして王騎への恐怖に、表情が歪《ゆが》む。

×　　×　　×

開戦時に思い描いていた通りの戦場が、王騎の眼前には広がっている。

戦場の中央、両軍の中央軍の激突は、拮抗状態。

戦場の右側、趙左翼軍四万に対し、秦右翼軍三万は、防衛戦だがよく対抗している。

そして戦場の左側。馮忌率いる趙右翼軍二万に包囲戦を仕掛けられている秦左翼軍一万は、圧倒的に不利な状況だが、軍としてはまだ健在。

左翼軍は楔のように敵陣に食い込み、軍の先端はもうすぐ本陣に到達しそうな勢いを保っている。

さらに、趙右翼軍本陣を急襲した飛信隊は、馮忌の目と鼻の先まで迫っていた。

乾原での戦いは今日、始まったばかりだ。馬陽を巡る戦は、まだ序盤である。

この段階で想定通りに事が運んでいなければ、これからの戦の勝ち目が薄くなる。

逆に、王騎の策に嵌まった馮忌は、今頃失策に気付いて顔を青ざめさせているだろう。

秦軍本陣から動かずに王騎の隣で騎乗していた騰も、今の馮忌の状況を想像したようだ。

「率いずとも左の戦場を操られた殿は、天才です」

王騎が満足げに笑みをこぼす。

「んっふっふっふっ」

趙右翼軍本陣は、かなりの距離にある。

だが王騎には、馮忌の顔が見えているかのようだった。

「意外と私も嫌いじゃありませんからねえ、長距離戦が」

×　　×　　×

援護すると告げた羌瘣が、信へと片手を伸ばす。

その意図を察した信が、剣を持たぬほうの手で羌瘣の手を取った。

「らッ!!」

羌瘣が跳ねる瞬間に合わせ、信が全力で、宙に浮いた羌瘣を前へと腕一本で投げ飛ばす。

一気に眼前の趙兵を飛び越え、羌瘣が直衛部隊の囲みの中に降り立つ。

殺到する十人以上の趙兵全てを、旋風《つむじ》のように舞った羌瘣の剣が斬り伏せる。

だが押し寄せる趙兵は止まらない。倒れた味方を踏み越え、殺到する。

羌瘣には一族の奥義《おうぎ》、巫舞《みぶ》という戦闘力を大幅に向上させる技がある。

だが、そのためには特殊な呼吸を使わなければならず、呼吸によって自身の内面へと意識を深く向ける際、わずかな時間だが隙が生じる。

そのわずかな時間さえ、今の羌瘣にはない。終わりの見えない趙兵の波状攻撃に、体力が続く限り抗い続けるのみだ。

信は羌瘣を信じ、馮忌を見据える。

一瞬の隙。

それが趙右翼軍本陣に生じた瞬間に己の全てを解き放つべく、信は力を溜めた。

×　　×　　×

完全に王騎にしてやられた。

そう察した馮忌が、すぐさま行動に移る。

「退《さ》がるぞ！」

今はとにかく逃げて、態勢を整え直さなければならない。

王騎がなにをどこまで考えているか、改めて思案するのは生き延びてからだ。

逃げなければ、最悪の事態すら起こりうる。

この場に留《とど》まり続けてしまったことこそ、最大の失策。

そこまで瞬時にして考えが至ったのは、馮忌のみだ。

副官や他の将は、自軍の優位を信じて疑っていない。

副官が、突然の後退命令に慌てふためいた。

「馮忌様!?」

なぜ後退命令が発せられたか理解できず、なにごとかと他の将たちも動揺する。

一瞬でも早く退却しなければならない状況だが、本陣の将は誰も動かない。

馮忌の顔に焦りの色が浮かぶ。その間にも時間だけは過ぎていく。

将たちの動揺は当然のように兵たちにも広がり、直衛部隊の趙兵の動きが、わずかにだが鈍《にぶ》くなった。

その瞬間。趙右翼軍本陣の眼前で、趙右翼軍中央部隊と激闘を続けている秦左翼軍先陣の中、一人の秦軍の将が声を張り上げた。

「馮忌！　もう遅いわあッ！」

秦左翼軍大将。王騎直属の将、干央である。

退却を決めた馮忌の意図は伝わらず、まだ周囲の将は惑い、行動できずにいた。

そのわずか数瞬の停滞が、この戦いの帰趨《きすう》を決することになる。

×　　×　　×

王騎の描いた序盤戦の絵が、完成する時が来た。

飛信隊に策を授けた後《のち》、秦軍本陣から一歩も動かずに乾原の戦場左側を支配しきった王騎が、馮忌に向けて届くはずのない言葉を放つ。

「──逃がしませんよぉ、馮忌さん」

干央が言った、もう遅い。

王騎が告げた、逃がさない。

そして信は待っていた。一瞬の隙さえあれば、と。

その時が、ついに来る。

×　×　×

本陣から逃げ出そうとする馮忌に、干央が再び怒鳴る。

「馮忌!!　殿の飛矢が届くぞッ!!」

羌瘣の前に立ちふさがっていた直衛部隊の趙兵が、本陣の混乱に動揺する。

その瞬間を見逃す信ではない。

「羌瘣!!」

名を呼ばれただけで羌瘣が信の意図を察し、その場で身を低くする。

「跳べ!!」

羌瘣の声に応え、信が溜めに溜めた全身の力を解き放った。

信が猛烈な勢いで駆けだし、かがんだ羌瘣の上を跳ぶ。

惑う趙兵たちの頭上、数十歩の距離を一気に信が飛び越える。

「――!?」

馮忌が異常を察し、振り返った。その目に、剣をかざして飛来する信の姿が映る。

「るあああッ!!」

馮忌の後ろからその首をめがけ、信が、剣を横薙ぎに振るう。

剣の切っ先が、馮忌の首を半ばまで斬った。

馮忌の横を飛び越えた信が、倒れ込むように着地する。

地にうずくまって激しく息をする、信の背後。

頸筋《くびすじ》から血を迸《ほとばし》らせた馮忌が、馬から地に落ちた。

受け身も取らずに地に伏した馮忌は、ぴくりともしない。

確かめるまでもなく、馮忌は絶命していた。

うずくまったまま、信が確信を込めた声で呟く。

「……獲《と》ったぞ……」

息を整えた信が、片手に剣を提《さ》げたままゆっくりと立ち上がった。

趙右翼軍本陣のど真ん中に降り立った信を襲う趙兵は、ただの一人もいない。

馮忌の首を斬った信の姿に誰もが圧倒され、趙右翼軍本陣が静まり返った。正面の戦場の喧《けん》噪《そう》さえ遠く感じられる。

静寂《せいじゃく》は、ほんの一瞬だった。

すぐに趙右翼軍本陣に、一気に混乱が広がる。

「馮忌様が!!」「退却だ!!」「どこに逃げる!!」「どこでもいい、退け、退けえッ!!」

馮忌の副官と他の将たちが、飛信隊や干央の騎馬隊に構わず逃げ出した。

趙右翼軍本陣直衛部隊の兵たちも、散り散りに逃げ始める。

本陣が瓦解《がかい》した今、秦左翼軍を囲んでいる趙右翼軍もまた、新たな指示を得られずに混乱し、やがて陣形が崩れて逃走を始めるだろう。

干央が、信のそばへと馬を歩ませた。

信が馬上の干央を見上げる。

「小僧。殿より、隊の名を授かったか？」

と干央。信は頷きもせず、真っ直ぐと干央を見据えて答える。

「飛信隊」

うむ、と干央が満足げに頷いた。

そして干央は自軍敵軍両方に向け、矛《ほこ》を天に突き上げて高らかに宣言する。

「趙将、馮忌の首！　飛信隊の信が、討ち取ったぞおッ!!」

秦左翼軍の兵たち、信についてきた飛信隊精鋭部隊の歩兵たちが、鬨《とき》の声を上げる。

「おおおおおおおおッ!!」

飛信隊は、やり遂げたのだ。

王騎から直々《じきじき》に与えられた、馮忌の首を取るという困難極まりない任務を。

そして王騎の思惑通り、乾原の地での戦いの流れが、一気に変わり始める。

×　　×　　×

秦軍の伝令の兵が走り、崖の下で趙右翼軍守備隊と戦闘を続けていた飛信隊防衛部隊にも、馮忌の死が伝えられる。

「馮忌の首、飛信隊の信が討ち取った!!」

乱戦の場に秦軍伝令の兵の声が響き、両軍の動きが止まった。

すぐに趙右翼軍守備隊に混乱が広がる。

「馮忌様が討たれた!?」「どうする!?」「退くしかないだろッ!!」

慌てた趙兵たちが、渕たち飛信隊防衛部隊との戦闘を放棄して、逃走を始める。

「信がやった!!」「うおおおおっ!!」「勝ったーッ!!」

激闘をかろうじて生き延びた渕、有兄弟、澤圭たち、飛信隊防衛部隊が喜びに沸く。

× × ×

趙右翼軍本陣では趙の旗が下ろされ、秦の旗が掲げられた。

混乱し戦闘を放棄した趙右翼軍の囲みを壁隊も突破し、干央の隊と合流する。

壁、尚鹿、壁隊の兵たちは、誰しもがどこかに傷を負っていたが、その顔は一様に安堵《あんど》していた。

少し離れたところで、馬上の干央と信が向き合っている。

壁と信は王弟成蟜《せいきょう》の反乱の時からの付き合いで、共に死線をくぐった仲だ。

ずっと壁は近い場所で、信の成長を目の当たりにしてきた。

出会った時から将だった壁に、敬語すら使わなかった礼儀知らず、元下僕の信。

その信が今、自らが率いる隊の仲間と共に、敵将馮忌を見事に討ち取った。

飛信隊、信。わずか一度の戦場で百人将に抜擢された男。

百人将としての初めての戦で、見事に王騎の期待に応えてみせた信の姿が、壁の目には頼もしく映っていた。

「すっかり隊長になったんだな、信」

×　　×　　×

趙右翼軍本陣の崩壊を見届けた王騎が、満足げに告げる。

「お見事です。飛信隊、信」

乾原の地における馬陽の戦い、初日。

戦場左側、秦左翼軍と秦右翼軍の戦いは、ここに決した。

第五章

武神

秦《しん》左翼軍が、趙《ちょう》右翼軍に打ち勝った。

その光景は、乾原《かんげん》を望む高台にいる蒙毅《もうき》と河了貂《かりょうてん》にも見えていた。

「敵陣に、秦の旗が立った!!」

趙右翼軍本陣があった場所に、次々と掲《かか》げられる秦の旗。

遠く風に乗り、秦兵たちの上げる勝ち鬨《どき》まで聞こえてくる。

乾原の戦場左側での戦闘は、陣形を左右に展開させた趙右翼軍に、兵数で劣る秦左翼軍が両側面から挟撃を受ける形となり、戦局は趙右翼軍有利に進んでいた。

それが一瞬で、覆《くつがえ》った。

考えられることは一つだ。

蒙毅が信じられないというように、その事実を口にする。

「……敵将を、討ったのか……」

趙右翼軍を率いていた馮忌《ふうき》は、武将でありながら軍事家に匹敵する知将だった。

その馮忌が、開戦初日に討たれた。

兵法を学んだ蒙毅だからこそ、それがどれほど重大な意味を持つのか理解できる。

「……」

驚きの余りに、蒙毅は啞然とするばかりだ。

一方、河了貂は素直に喜びを爆発させる。

「信《しん》ッ！　よっしゃあああああッ!!」

河了貂は歓声を上げ、その場で何度も飛び跳ねた。

×　　×　　×

秦左翼軍の勝利は、伝令の兵によって秦軍のあらゆる部隊に伝えられた。

兵数四万の秦軍主力、中央軍を率いる蒙武《もうぶ》のもとにも、趙将馮忌の死と左翼軍による趙右翼軍本陣制圧の報が届いた。

報告を受けた蒙武の顔に、太い笑みが浮かぶ。

「よおしッ、肩慣らしはおしまいだッ！　全軍ッ！　突撃いッ!!」

戦場全てに轟《とどろ》きそうなほどの大音声《だいおんじょう》で、蒙武が号令を下した。

「うおおおおおおッ!!」

蒙武を中心に蒙武軍のみならず、昌文君《しょうぶんくん》派の兵全てが、雄叫《おたけ》びを上げる。

秦中央軍の全兵士が持てる力以上の戦闘力を発揮し、趙中央軍を圧倒し始めた。

×　　×　　×

乾原の戦場を見下ろす高台にある趙軍本陣に、伝令の兵が駆け込む。

戦況を見据えている趙荘《ちょうそう》のもとに、伝令の兵が膝《ひざ》を突いて礼をして告げる。

「馮忌将軍、討ち死に！　右軍は総崩れです!!」

ざわっと趙荘配下の将たちに動揺が走った。

趙荘にも将たちにも、乾原中央で自軍が秦軍に押され始めた様子は見えている。

今の趙中央軍に、蒙武率いる秦中央軍の勢いを阻《はば》む術《すべ》はない。

趙荘が苦々しげにこぼす。

「まだだ、この戦いは終わりはしない。あの方が、必ず勝利へと導いてくれる」

今の趙荘がすべきは、軍の損害をこれ以上増やさぬことだ。

趙荘は意を決し、全ての将に命じる。

「全軍に伝令の兵！　本陣を動かす！」

「どちらへ？」

訊《き》き返した将に、趙荘は即座に答える。

「後ろだ」

趙荘が騎馬に乗ったまま振り返った先。

うっそうと茂る深い森を擁《よう》した山々が、広がっていた。

×　×　×

超全軍が後退を始めた様子を、高台の蒙毅と河了貂は見ていた。

命令が徹底しているのだろう、大軍にしては迅速《じんそく》な行動だ。

先ほどまで秦左翼軍の勝利に全身で喜びを表していた河了貂が、驚いた顔になる。

「趙軍が、退《ひ》いていく……？」

敵全軍後退の意図を悟ってか、蒙毅が渋い表情をする。

「まずいな。行く先は山間部だ。待ち伏せだってできる。平野でのようにはいかない」

開戦時、趙軍の兵数は十万の大軍だった。

初日の戦闘でどれほどの損害を出したのか現時点では不明だが、それでも極端に数を減らしてはいないはず。

山間部に軍が分散して潜《ひそ》んだ場合、追う側が不利になることが多いのだ。

秦軍にとって、趙軍が後退したのは都合が悪い。

「早くも趙軍は雲隠れですね」

その声は、蒙毅と河了貂の背後から聞こえた。男の声だ。

蒙毅と河了貂が、揃《そろ》って振り返る。

そこには身分の高そうな男が、若く凛《りん》とした女を従えて立っていた。

女は長い黒髪を首の後ろで束ね、造りのよい鎧《よろい》に身を包み、腰に立派な剣を提《さ》げている。位《くらい》の高い剣士のようだ。

男は、青く染められた鳥の羽根を首回りに飾った、派手な衣装を着ている。少なくとも庶民が身に着けられるようなものではない。

こんな殺伐《さつばつ》とした戦場を眼下に望む高台には不似合いな男を、訝《いぶか》しげに蒙毅が見る。

「……何者だ?」

男は答えず、女剣士が男に告げる。

「李牧《りぼく》様、先客がいるようですけど」

李牧。それが男の名のようだ。

李牧が、敵意はないというように武器を持たない両の手をひらひらとさせる。

「怪《あや》しい者ではありません。戦《いくさ》を見学しに来たのですが、よければここで、ご一緒させていただけませんか?」

蒙毅と河了貂が顔を見合わせる。この男はなんか怪《あや》しい。二人ともそんな表情だ。

歓迎されてはいないと李牧にも伝わっているはずだ。

それでも李牧は、にこやかな笑みを崩さずに立っていた。

× × ×

秦軍本陣から、王騎はまだ戦場を見ていた。

戦場左側はすでに、秦左翼軍勝利の結果が出ている。

乱戦状態だった戦場中央で、趙中央軍が後退を始めた。

さらには、秦右翼軍が防衛する側だった戦場右側でも、超左翼軍が反転、後退を始めている。

その様に、王騎の顔に疑問の色が浮かぶ。

「ずいぶんとあっさり、退きましたね……騰《とう》、向こうの軍師は趙荘の他に誰かいましたか？」

「いえ、いないはずですが」

と騰。王騎がしばし、考え込む。

「――――どうも、臭《にお》いますねえ……」

独り言のような王騎の言葉に、騰が訊《たず》ねる。

「罠《わな》であると？」

さて、というように王騎が普段の柔和《にゅうわ》な笑みを浮かべた。

「んっふっふっふ。まあ、いいでしょう」

そして改めて王騎が告げる。

「いずれにせよ、姿を現さぬ敵の大将を炙《あぶ》り出しに行かねばなりませんからねえ。我々も、あちらへ移動しましょう」

あちら。蒙武率いる中央軍が制圧した、趙軍本陣のあった小さな山の上、高台だ。

王騎と騰、そして直属の王騎兵たちが秦軍本陣を移すべく移動を開始した。

×　　×　　×

王騎軍が到着した趙軍本陣があった山頂では趙の旗が降ろされ、秦の旗が掲げられている。

そこにはすでに、蒙武と干央《かんおう》、さらに主立《おもだ》った配下の将が来ていた。

すでに夕刻。全軍の戦闘が終了し、辺りは静かになっている。

合流した将たちと共に王騎は、趙軍が後退した山々を見ていた。

すでに夕刻だ。眼前に広がる森は深く、暗い。

険《けわ》しい表情で蒙武が森を見据え、口を開く。

「追うぞ」

そんな蒙武を、干央が睨《にら》みつける。

「決めるのは、殿だ」

蒙武と干央が、揃《そろ》って総大将、王騎を見やる。

王騎は普段通りの柔和な表情で、淡々と告げる。

「追うのは、明日です」

静かだが、はっきりとした口調だ。反論は許さないという意志が感じられる言葉だった。

今の蒙武は、総大将王騎の下についている。

王騎と反目している蒙武であっても、総大将の命令を無視して勝手に趙軍を追撃するような、軍規を乱すことはしない。

だが、蒙武が王騎の下した判断を気に入っていないのは明らかだ。

不満を隠さない顔で、蒙武が告げる。

「日の出とともに行く」

王騎が蒙武をちらりと見て、再び口を開く。

「一つだけ、約束を守っていただきます」

「……」

蒙武は無言。王騎は蒙武だけでなく、他の将たちにも聞こえるよう語る。

「追い打ちをかけていいのは、趙の本陣だったこの山頂が見える範囲までです。皆さん、これを決して破らぬように」

いいですね、と言い含めるように、王騎が将たちを見回した。

蒙武以外の、将たちの返答が揃う。

「はッ！」

蒙武は口をつぐんだまま、怒りと不満に満ちた目を、趙軍の潜んでいるだろう森に向けた。

× × ×

陽が落ち始め、乾原に夕暮れが訪れた。

秦軍は分散して野営地を設け、兵たちに休息を取らせている。

飛信隊《ひしんたい》もまた、身体を休めるべく割り振られた野営地に移動していた。

信を前に飛信隊の兵たちが整列している。休息に入る前に、やるべきことがあるからだ。

神妙な顔をしている信に、尾平《びへい》が報告する。

「飛信隊で死んだのは、三十一名だ」

隊のほぼ三分の一が、開戦初日で戦死した。

飛信隊に課せられた任務がいかに困難だったか、この結果からも明らかだ。

「……」

多くの犠牲に、信は言葉もない。

「しみったれた顔するな」

そう言ったのは沛浪《はいろう》だ。沛浪が笑みを浮かべ、続ける。

「笑って送ってやれ、そのほうが奴らも喜ぶ」

「……ああ」

そうだな、と信が頷《うなず》き、笑ってみせた時だった。

「んっふっふっふ。その通りですよぉ」

農民兵の野営地にいるはずのない総大将、王騎の声が聞こえた。

常に冷静な羌瘣《きょうかい》さえも驚き、飛信隊全員が仰天《ぎょうてん》した顔で、声のしたほうに向き直る。

二騎の騎兵を供に従えた、秦軍総大将の姿がある。

まさしく王騎その人が、そこにいた。

「「「王騎将軍！」」」

飛信隊の面々が声を揃え、拳と掌《てのひら》を合わせて王騎の前に跪《ひざまず》いた。

信は立ったまま、馬上の王騎を見上げる。

「童信《わらべしん》。この部隊に名前を与えた意味が、わかりますか」

信は首を傾《かし》げて少し考え、王騎に答える。

「それは、呼びやすくするため？」

的外《まとはず》れな信の返答に被《かぶ》せるように、王騎が告げる。

「覚えやすくするためです。味方も、敵も」

信の顔に疑問の色が浮かぶ。王騎の言わんとするところが理解できないようだ。

「敵も……？」

王騎が丁寧《ていねい》に、飛信隊の名を与えた意味を語る。

「今頃、趙軍内には広まっているはずですよ。馮忌を討ったのが、飛信隊の信という者だと。それだけではありません。馮忌はそれなりに名の通った武将でした。馮忌を討ったあなたの名が、そのうち中華全土に広まります」

中華全土。

「――ッ！」

その言葉に、信の顔から疑問の色が消し飛び、驚きに変わる。

信の反応が期待通りだったのか、どこか王騎は楽しそうだ。

調子に乗らないように、と戒《いまし》めるつもりか、王騎が言い加える。

「とはいっても、ひと時の噂程度。皆、すぐに忘れるでしょう、くっくっくっ」

笑いをこぼす王騎。信が短く思案するように黙り、顔に新たな決意を表した。

「……でも、そうやって。何度も、俺や飛信隊の名前が、広まれば」

王騎が満足げに信を見る。

「その名は、中華全土に沁《し》み込んでいくでしょうね」

再び告げられた、中華全土。

信のみならず、飛信隊の面々の表情に気合いが漲《みなぎ》る。

信が勢いよく仲間へと向き直った。

「おおっしゃ……やってやろうぜ!!」

飛信隊全員が立ち上がり、雄叫びを上げる。

「うおおおおおッ!!」

信が鼓舞した仲間たちに、王騎が声をかける。

「皆さんも、よくやりましたよ」

秦軍最強の大将軍の褒《ほ》め言葉だ。これでいきり立たない兵などいない。

遅れて立った羌瘣が、じっと王騎を見る。

王騎は気付かない振りをしているのか、羌瘣とは視線を合わせなかった。

改めて今日の勝利を噛みしめて喜ぶ飛信隊の面々は、まだ誰も知らない。

この喜びが束《つか》の間《ま》のものだと。


その日。飛信隊には充分な量の食事と、上等な酒が振る舞われた。

兵たちがたき火を囲んで勝利の美酒に酔い、上機嫌で語らっている。

酔っ払って赤い顔の尾平が、ふらふらと身体を揺らしながら立ち上がる。

「んじゃ、見れなかったお前らのために、俺が、詳しく説明してやるよ。澤圭《たくけい》さん、馮忌な」

「またですか」

澤圭がすっかり、呆れている。

尾平による信の武勇語りが、酒盛りが始まってから今まで、誰もが飽きるくらい繰り返されていたからだ。

有義《ゆうぎ》が辟易《へきえき》とした顔をする。

「いや、もういいよっ。あとで信から聞く」

「そうだ！　引っ込め、酔っ払いっ！」

と有カク。尾平が赤い顔をますます赤くし、有カクに詰め寄る。

「んだとぉ!?　見せてやるって言ってんだよ！」

そんな尾平の姿に、たき火を囲む飛信隊の面々が声を上げて笑った。

楽しんでいる隊員の様子を、少し離れた場所で羌瘣が眺めている。

口元を襟巻《えりま》きで隠した羌瘣だが、その顔も笑っているようだった。


信は、たき火の輪から離れた場所に一人で腰を下ろしていた。

そこに尾到《びとう》がやってきた。信のそばに尾到が腰を下ろす。

「すげえよな、ほんとうに」

「尾到」

信が確かめるように、城戸村《じょうとむら》からの古い付き合いになる仲間の名を口にした。

尾到が、どこか他人事のように語る。

「一年前まで、下僕で村一番の馬鹿だったお前が。今じゃ百人将で、敵将の首を取っちまったんだからな」

「馬鹿は余計だ」

と信。に、と尾到が笑う。

「村に帰ったら、英雄だな」

「ああ、飛信隊の全員がな」

信の言葉に、尾到が笑いだす。

「ふはははははっ、そうか！　俺たちもか！」

「ったりめーだろうがッ!!」

尾到に釣られて信も笑いだす。

しばし声を上げて笑っていた信だが、不意に真顔に戻って口を閉ざした。

「どうした？」

信の急な変化に、尾到が戸惑《とまど》う。

「……」

信が剣を手に、無言で立ち上がった。

その表情は、緊張に満ちている。

まるで猛獣が近くにいるかのような顔だった。

たき火を囲む飛信隊の中で最初に妙な気配に気付いたのは、尾平だった。

「……？」

ふざけていた尾平が、ぴたりと動きを止め、闇へと目を向ける。

笑っていた有義が、突然の尾平の変化に疑問を持ったようだ。

「あ？　どうした、尾平」

有義が、尾平の見ているほうへと振り返った。

闇の中。竜川《りゅうせん》よりも大柄に感じられる男がゆっくりと歩いてくる。

たき火の明かりがわずかにしか届かない距離だ。

男の顔は窺《うかが》えず、巨軀《おぼ》だということ以外に見て取れるのは、ボロ布のような外套《がいとう》と、右手に提《さ》げている巨大な矛《ほこ》と思しき武器のみ。

それを本当に矛と言っていいのかさえ、尾平たちにはわからない。

王騎の振るう矛も常識外れの大きさだが、男の武器は、王騎の矛と同格か、もしかしたらさらに巨大かもしれなかった。

先端が異様に反《そ》り返った三日月のような矛の刃が、たき火の炎の光をかすかに撥《は》ねる。

抜き身の武器を手に歩いてくる男に、沛浪が呼びかける。

「おい。誰だ、お前」

「どこの部隊だよ」

と、別の隊員が重ねて問うたが、男からの返事はない。

なにかを察したか、澤圭が真顔で、やや強めの口調で告げる。

「止まってください」

男のゆったりとした歩みは、まったく変わらない。呼びかけなど聞こえていないかのようだ。

苛立《いらだ》った隊員たちが、不快感を顔に出す。

「無視してんじゃねーぞ」

立ち上がった隊員たち数名が、無造作に男に歩み寄る。

次の瞬間。その全員が、いきなり倒れ伏した。

倒れた隊員たちは揃って身体を断ち切られ、どう見ても生きているとは思えない。

血臭が広がった。

考えられることは、ただ一つ。

尾平たちの目には見えなかったが、男が矛を振るい、兵たちをまとめて一刀両断したのだ。

惨劇を目の当《ま》たりにした全員の、酔いが消し飛ぶ。

飛信隊の面々がそれぞれの武器を手に、男へと対峙《たいじ》した。

敵が何者なのか、まったく知らずに。

×　×　×

夜も更《ふ》けゆく頃、咸陽宮《かんようきゆう》の大王の間では、贏政《えいせい》の前に呂不韋《りよふい》派、大王派の重鎮たちが集《つど》っていた。乾原からもたらされる報告を待ち、今後の対策を立てるためである。

そして、もっとも知りたかった情報を伝令の兵がついに持ってきた。

大王の間入り口付近で膝を突き、伝令の兵が告げる。

「報告！　ようやく、趙軍の総大将がわかりました！」

呂不韋が急《せ》かすように、伝令の兵に命じる。

「誰じゃ、申せ」

「龐煖《ほうけん》という者です」

と伝令の兵。呂不韋や昌平君ら呂不韋派の文官たち、大王派の文官たち共に、誰だという顔になる。

唯一、昌文君《しょうぶんくん》だけが顔を青ざめさせた。

怪訝《けげん》そうな顔の呂不韋が、昌平君に問う。

「龐煖？　何者だ、昌平君」

「私も聞いたことがありません」

即座に昌平君《しょうへいくん》が返答した。

昌平君には、龐煖という名にまったく心当たりがないようだ。

昌文君のみが、青白い顔をしたまま身を震わせている。

「……そんな、馬鹿な……」

様子がおかしくなった昌文君に、昌平君が顔を向けた。

「どうした、昌文君?」

昌文君は答えない。玉座《ぎょくざ》の嬴政が昌文君に問う。

「――なにか、知っているのか?」

昌文君が文官の列から歩み出て嬴政に向かって礼をし、目を伏せたままで告げる。

「……龐煖とは九年前、六将、摎《きょう》を殺した男の名です」

呂不韋派、大王派の全員が驚愕《きょうがく》した。

嬴政の曾祖父、昭王《しょうおう》統治の時代。秦軍六大将軍の一人、摎は、病死したと伝えられている。

それが当時の公式な報告であり、秦では事実とされてきた。

摎は、王騎と互角の力を持つ、武人だった。

その摎が、龐煖という名も知られていない男に、倒されていた。

事実だとしたら、秦で驚かぬ者など誰もいないだろう。

昌文君が、震える声で続ける。

「しかし、あの時。王騎が、葬ったはず……」

呂不韋が、疑惑の目で昌文君を見やった。

「どういうことだ、昌文君」

昌平君が、さらに質問を重ねる。

「六大将軍の一人、摎は病《やまい》に臥《ふ》して逝《い》ったと聞いていたが、違うのか」

広く知られている事実の真偽を、昌平君が昌文君に問うた。

昌文君が短い沈黙を挟み、震える声で答える。

「あの時代、摎は六将の中でも軍の象徴となっていた。その摎が、突然現れた無名の男に討たれたと認めるわけにはいかなかったのだ。だから、王騎と儂《わし》で摎は病死とした……」

玉座の嬴政も驚きを隠せない顔で、黙り込んでいる。

文官たちも皆、信じられないという表情だ。

そんな中、呂不韋がいち早く冷静さを取り戻す。

「昌文君、隠蔽《いんぺい》した沙汰《さた》は後で言い渡す。だが今は、龐煖とはいかなる武将か聞かせてもらおう」

昌文君が、青ざめさせた顔をいっそう白くした。

「あれは、武将のように人を率いる類《たぐい》の人間ではない。あの男は、完全なる個。いえ、あれはもっと――」

底知れぬ恐怖を感じさせる声で、昌文君が続ける。

「おぞましいほどに純粋な『武』の結晶だ」

×　×　×

飛信隊の野営地に現れた男こそ、趙軍総大将として報告された、その龐煖である。

数人の兵をまとめて切り伏せた龐煖のゆったりとした歩みは、止まらない。

武器を手に立ち上がった飛信隊の兵たちが、龐煖の放つ異様な迫力に気圧《けお》され、じりじりと後退する。

沛浪が仲間に大声で警戒を促《うなが》す。

「こいつ、ただもんじゃねえ!!　気をつけろッ!!」

剣を手に、有義が前に出た。

「俺が止める！　今のうち――」

言葉半ばで、ずるりと有義の上半身と下半身がずれた。龐煖の一撃で両断されたのだ。

「有義!?」

驚愕する尾平の前で、有義はなにが起きたかわからない顔で地に伏せ、動かなくなった。

「兄ちゃあああんッ!!」

有兄弟の弟、有カクが叫び、龐煖に斬りかかる。

ふおん。龐煖の矛が、その巨大さに不似合いな軽い風切り音を立てる。

邪魔な枝葉を払うかのようにあっさりと、龐煖の矛が有カクの命を刈り取った。

目の前で起きている現実が信じられないかのように、尾平が呟く。

「嘘だろう……そんな……そんな……──」

飛信隊の屍体《したい》が転がる中、龐煖が足を止めた。

ゆっくりと振り返ったその顔が、たき火の炎に照らされる。

龐煖の顔には額《ひたい》から右頬にかけ、一条の傷が刻まれていた。

かつて、王騎につけられた傷だ。

龐煖が目を投じた先にいるのは、この場に駆けつけた信である。

「てめえ……」

信が剣を抜き放ち、身を低くして構えた。今にも飛びかかりそうな信に沛浪が叫ぶ。

「やめろッ! 敵《かな》う相手じゃねえッ!!」

「うるっせえッ!!」

吠え、信が龐煖に斬りかかった。

×　×　×

咸陽宮、大王の間は重い沈黙に包まれている。

それほどに、摎についての昌文君の告白は、事実として受け止めるには重すぎた。

その沈黙を破ったのは、他ならぬ昌文君である。

「おそらく王騎は、初めから知っておったのだ。だから、秦軍総大将を引き受けた」

王騎が語っていない参戦の目的の一つに、打倒龐煖があるのは、事実を知ってしまえば想像に難《かた》くない。

だが。昌文君に人を率いる類の者ではないと評された龐煖については、疑問が残る。

その疑問を、肆氏《しし》が口にする。

「しかし。その龐煖がなぜ、今さら趙の将軍になったのだ……？」

嬴政が、なにかに思い当たったような顔をする。

「……まさか。龐煖も、王騎を討つために……」

王騎が龐煖に対し、並々ならぬ因縁《いんねん》を感じているように。龐煖もまた、王騎に対して、尋常ならざるなにかを覚えているかもしれない。

当時を知るこの場で唯一の男、昌文君がまっすぐと嬴政を見た。

「十分、考えられます。この戦いは——九年前に深く刻まれた、因縁の戦い」

嬴政が、深刻な面持《おもも》ちで遠くを見るような目をした。

今、戦場でなにが起きているのか。それを懸念《けねん》するかのように。

× × ×

「るああッ!!」

信の全力の一撃を、片手で振るわれた龐煖の矛が跳ね返す。

強烈な勢いで剣ごと弾《はじ》き飛ばされた信が体勢を保てず、背中から地に叩きつけられる。

「信!!」「隊長!!」

飛信隊の面々が、悲痛な叫びを上げた。

信はすぐさま立ち上がり、剣を構え直した。今度は安易に飛びかからない。

信が龐煖を睨みつけ、じりじりと摺《す》り足で距離を詰める。

龐煖も信の一撃になにか思うところがあったのか、片手で矛を無造作に提げたまま信を見据えている。

その時だ。龐煖の背に剣閃《けんせん》が走った。

羌瘣である。

完全に気配を殺し、音もなく龐煖の後ろに回り込んでいた羌瘣が、信との睨み合いの隙《すき》を突いて強襲をかけたのだ。

龐煖の背は完全に無防備だ。背後を警戒していた様子などない。

羌瘣の剣、緑穂《りょくすい》と羌瘣の腕ならば、龐煖がどれほど頑健な肉体を持っていようが、致命傷を与えられるはず。

その羌瘣の剣が、空《くう》を切る。

剣を振り抜いて着地した羌瘣が、驚愕した顔を宙に向けた。

龐煖の巨体が、夜空に舞っている。

跳躍する素振りなど一切見せず、龐煖が真上に跳んで羌瘣の剣を避けたのだ。

信と羌瘣が驚きの目を向けた先。

巨軀の重さを感じさせない動きで、ふわりと龐煖が地に降り立つ。

信に遅れて龐煖襲撃の場に駆けつけた尾到が、呆然とする。

「羌瘣の一撃をかわした……」

羌瘣の急襲は、完全に虚を衝《つ》いていたはずだった。

だが、背後から来るのがわかっていたかのように、龐煖は避けた。

およそ有り得ることではない。

信と羌瘣がいっそう慎重になって龐煖と対峙《たいじ》する。

「誰だ……てめえは」

問うたのは信。沛浪には名乗らなかった龐煖が名乗る。

「我──武神。龐煖なり」

武神という言葉に、羌瘣の顔色が変わった。

蚩尤《しゆう》に連なる羌族の出である羌瘣は、その身に神を堕《お》とす蚩尤の奥義《おうぎ》、巫舞《みぶ》の使い手だ。

その一族が恐れる存在こそが──武神。

神を、身体に宿す者。

その存在は純粋な武そのもの。人の身で抗《あらが》える存在ではない。

「……武神……」

信は畏《おそ》れも恐れも抱かずに、倒すべき一人の敵として龐煖を見据え続けた。

終章

屍の野

戦乱の続く中華七国に属さない、北方の地。

薄い砂嵐が舞う荒野。風が運んでいるのは死臭《ししゅう》である。

灌木《かんぼく》がまばらに散らばり、岩と石が転がる荒野を見渡す限り、生きた人間の姿はない。

地平線まで埋め尽くしているのは、人と馬の死骸《しがい》である。

数千なのか、数万なのか。あまりに多すぎるため、数えようがない。

暗雲立ちこめる荒野の空を、屍肉《しにく》をあさる無数のハゲタカが舞っている。

ハゲタカは人と馬の区別なく、腐肉《ふにく》に群がっていた。

鋭い嘴《くちばし》が肉をついばみ、腸《はらわた》を引きずり出し、腐汁《ふじゅう》が飛び散り、骨が剝《む》き出しになる。

次々と飛来するハゲタカが腹を満たし続けても、全ての屍体《したい》が骨のみとなるのは当分、先だろう。

凄惨極まりない光景を、高台から見下ろしている数名の影がある。

中華七国の平地の民《たみ》とは違う、民族性の色濃い装束《しょうぞく》。山の民《たみ》、と呼ばれる民族だ。

その中に、奇異な様式の仮面をつけ、鎧《よろい》を全身に纏《まと》った女がいる。

名を、楊端和《ようたんわ》。

嬴政《えいせい》と会見し、秦国と山の民の和解を結んだ、山の民の現王だ。

楊端和の隣に立つたくましい男は、側近のバジオウ。歴戦の勇者である。

バジオウと逆の側にもう一人、山の民の戦士が従っていた。

常人ならば直視さえできない惨状を前に、楊端和が唖然と呟《つぶや》く。

「無敵と言われる騎馬民族を一方的に葬るとは……」

中華に七国が覇を競っている、この時代。

その北方の地に、遊牧を生業《なりわい》とする騎馬民族が存在した。

無敵の騎馬民族。

楊端和の言葉は過大評価ではない。

騎馬民族は馬を操る技術に優れ、騎馬を用いた戦いには絶対の強さを誇っていたのだ。

その騎馬民族が、地を埋め尽くすほどに鏖殺《おうさつ》されている。

それもおそらくは一方的に、だ。

事実。荒野に転がる屍体は騎馬民族と思《おぼ》しき格好のみで、他の部族、民族らしき姿の屍体は、ただの一つも見あたらない。

これほどの戦場に、敵軍の痕跡が残っていないのは、不気味である。

そして、どれほどの規模の軍が、どのような策を用いれば、こんな形で騎馬民族を殲滅《せんめつ》できるのか、およそ想像がつくものではない。

「……」

事の重大さがわかるのか、バジオウももう一人の戦士も、言葉がない。

楊端和が、ゆっくりと仮面を外した。

腐臭を運ぶ風に素顔を晒《さら》した楊端和が、呟く。

「どうやら。とんでもない化け物が潜《ひそ》んでいるようだな。趙《ちょう》という国には」

この荒野から、もっとも近い国。

それは。趙である。

終

ノベライズ版著者あとがき3

『映画キングダム　運命の炎』ノベライズをお手に取っていただきまして、誠にありがとうございます！

先の二作に続きましてノベライズ版執筆を担当させていただきました、藤原健市《ふじわらけんいち》です。

映画第三作は、前作『映画キングダム2　遥かなる大地へ』公開の際、エンドクレジット後にいきなり予告が表示されて観客を驚かせたことが、今でも忘れられません。

私も驚かされた一人です。ノベライズ第二作執筆当時、担当編集氏に映画第三作ってありますよね、と訊《たず》ねてはいました。答えは、担当編集氏も知らない、とのことでした。で。第三作のノベライズ執筆作業時に改めて当時の質問をしたところ、事実、第三作があることは知らなかったようです。

さておきまして。『映画キングダム　運命の炎』は秦《しん》と趙《ちょう》の戦いが描かれ、魅力的な新しい登場人物が、これでもか、と出てくるわけですが。

個人的にはやはり紫夏《しか》の登場が嬉しかったです。闇商人の紫夏と若い嬴政《えいせい》のエピソードは原作でも特に好きな話でして。これ以上はネタバレになってしまうので語れませんが、紫夏役の女優さんの演技も素晴らしく、涙なくしては見られませんでした。

さらに、新たな登場人物と言えば。様をつけて呼ばずにはいられない、あの御方です。そう。ついに映画に登場しました、李牧《りぼく》様。

ノベライズ作業開始時点では、李牧様の役者がどなたか公式で明かされていませんでした。ノベライズのための映像確認を集英社でさせていただいた際、初めて実写の李牧様を拝見したんですが。ああなるほど、李牧様でした！

李牧様のなにがどうと語るのはネタバレにしかならないので書けませんが、私は納得の李牧様です。皆様もきっと、ああ確かに李牧様、と頷《うなず》かれることでしょう。側近のカイネと合わせて、どうぞ、お楽しみに。

そして、特に印象的な登場人物が、もう一人。武神、龐煖《ほうけん》です。

最初の映像確認の時、龐煖の役者さんがどなたか李牧様同様に知らなかったんですが、龐煖登場のシーン、度肝《どぎも》を抜かれました。『映画キングダム 運命の炎』公開時点では、俳優さんが誰なのか発表されているのでしょうか。あとがき執筆時点ではわかりませんが、ともかく龐煖、凄《すご》いです。格好いいです。超越者感が強烈です。

あんなのとこれから何度も戦う信《しん》、大変ですよね。

ということで。映画は第三作目、ノベライズも三冊目となりました。

一冊目二冊目と同様に、このノベライズは映画の脚本を基《もと》に説明や演出を文章化して、映画の内容をわかりやすく追体験できる作品になっています。

もし一冊目二冊目を未読でしたら、この機に三冊まとめて、いかがでしょうか。

なにせ映画がどれもとにかく面白いので、ノベライズの面白さも保証できますよ！

この本の刊行に合わせて一冊目を重版してもらえるそうなので、店頭での入手も比較的簡単かと思います。もちろん電子書籍でしたら、いつでもどこでも三冊まとめて購入できます。

便利な時代になりましたね、ほんとうに。

藤原も、気付けば電子書籍の買いすぎで、カードの支払い額が笑えなくなったりします。いや、物理的な空間を圧迫しない（本が床から積み上がらない）電子書籍、いったいどれだけ買ったか、気にしなくなるのですよね。

いつの間にかａｍａｚｏｎとＢＯＯＫ☆ＷＡＬＫＥＲの両方で、同じコミックスを買ってしまっていたり。おかしい、重複買いは紙の本でしかしないと思っていたのに、なぜ電子書籍でも重複する……。

もっとも。紙の本で持っている作品を、手軽に読みたいからと電子書籍でも普通に買います

頃には、繁殖リタイア犬を譲渡してもらって、数年ぶりに犬との暮らしを満喫しているかと。
よ、私。小説で稼いだお金は、オタク趣味とバイクと犬に還元するのです。この本が出ている

そんなこんなで。一ファンとして、藤原も映画第四作を心待ちにいたします。
原《はら》先生、映画関係者の皆々様、今回も素晴らしい映画を誠にありがとうございました。
それでは。またの機会に、ぜひお会いいたしましょう。

二〇二三年初夏　藤原健市　拝

STAFF

原作：原 泰久「キングダム」（集英社「週刊ヤングジャンプ」連載）

監督：佐藤信介

脚本：黒岩 勉　原 泰久

音楽：やまだ豊

製作：瓶子吉久　沢 桂一　冨田みどり　市川 南　宮本典博　芦田拓真
松橋真三　弓矢政法　杉浦 修　名倉健司　本間道幸
エグゼクティブプロデューサー：大好 誠　飯沼伸之
プロデューサー：松橋真三　森 亮介　北島直明　高 秀蘭　里吉優也
宣伝プロデューサー：森田道広　小山田晶
音楽プロデューサー：千田耕平
ラインプロデューサー：毛利達也　濱﨑林太郎
撮影：佐光 朗（J.S.C）
美術：小澤秀高（A.P.D.J）
照明：加瀬弘行
録音：横野一氏工
アクション監督：下村勇二
Bカメラ：田中 悟
装飾：青山宣隆　秋田谷宣博
編集：今井 剛
VFXスーパーバイザー：小坂一順　神谷 誠
サウンドデザイナー：松井謙典
スクリプター：吉野咲良　田口良子
衣装 甲冑デザイン：宮本まさ江
かつら：濱中尋吉
ヘアメイク：本田真理子
特殊メイクキャラクターデザイン/特殊造形デザイン統括：藤原カクセイ
中国史監修：鶴間和幸
ホースコーディネーター：辻井啓伺　江澤大樹
操演：関山和昭
キャスティング：緒方慶子
助監督：李 相國
制作担当：斉藤大和　鍋島章浩　堀岡健太

製作：映画「キングダム」製作委員会
製作幹事：集英社　日本テレビ放送網
制作プロダクション：CREDEUS
配給：東宝　ソニー・ピクチャーズ エンタテインメント

CAST

信……………………山﨑賢人
嬴政…………………吉沢 亮
河了貂………………橋本環奈
羌瘣…………………清野菜名
壁……………………満島真之介
尾平…………………岡山天音
尾到…………………三浦貴大
澤圭…………………濱津隆之
沛浪…………………真壁刀義

❖

紫夏…………………杏
万極…………………山田裕貴

❖

昌文君………………髙嶋政宏
騰……………………要 潤
肆氏…………………加藤雅也
干央…………………高橋光臣
蒙武…………………平山祐介
馮忌…………………片岡愛之助
趙荘…………………山本耕史
楊端和………………長澤まさみ
昌平君………………玉木宏
呂不韋………………佐藤浩市

❖

王騎…………………大沢たかお

■初出
映画　キングダム 運命の炎　書き下ろし
この作品は2023年7月公開(配給/東宝　ソニーピクチャーズ)の
映画「キングダム 運命の炎」(脚本/黒岩勉　原泰久)をノベライズしたものです。

キングダム 運命の炎 映画ノベライズ

2023年7月31日　第1刷発行

原作/原泰久
脚本/黒岩勉　原泰久
小説/藤原健市

装丁/岩崎修(POCKET)
発行者/瓶子吉久
発行所/株式会社　集英社

〒101-8050　東京都千代田区一ツ橋2-5-10
03(3230)6229(編集)
03(3230)6393(販売/書店専用)　03(3230)6080(読者係)
印刷所　凸版印刷株式会社

ISBN978-4-08-631517-3

C0193　Printed in Japan